www.tredition.de

AF185419

Paul Baldauf

Der stille Tod des Conde de Alcalá

Madrid-Krimi

www.tredition.de

© 2020 Paul Baldauf

Autor: Paul Baldauf

Umschlaggestaltung: Paul Baldauf

Verlag & Druck: tredition GmbH, Halenreie 40-44, 22359 Hamburg

ISBN: 978-3-347-13209-2 (Paperback)

ISBN:978-3-347-13210-8(Hardcover)

ISBN: 978-3-347-13211-5 (e-Book)

Bibliografische Information der Deutschen Nationalbibliothek:

Die Deutsche Nationalbibliothek verzeichnet diese Publikation in der Deutschen Nationalbibliografie; detaillierte bibliografische Daten sind im Internet über http://dnb.d-nb.de abrufbar.

Kapitel 1: Wie soll ich das entziffern?

D r. José Perez Cabra wartete, bis Maria Louisa, eine junge Arzthelferin, die Tür hinter sich schloss. Dann warf er einen Blick auf ihm zuvor überreichte Untersuchungsergebnisse. Während er die Stirn in die Höhe zog und eine skeptisch und besorgt wirkende Miene zeigte, brummelte er vor sich hin:

„Oh, oh, dachte ich mir, das sieht gar nicht gut aus."

Er schüttelte seinen von graumelierten Locken umrahmten Kopf und schob seine Brille weiter nach vorn. Dann vertiefte er sich noch einmal in eine Kolonne neu gemessener Werte der Patientin, die er als eines seiner «Sorgenkinder» betrachtete. Die reinste Achterbahnfahrt: *Hier*, alles im Keller und *dort*: Viel zu hoch! Ein heilloses Durcheinander. *Wie oft* habe ich sie nun schon ermahnt? Sie erkennt den Ernst der Lage nicht. Manche legen es regelrecht darauf an. Er justierte seinen Arztkittel und drückte auf eine Taste, die die Verbindung mit den Damen am Empfang herstellte.

„Sag ihr bitte, sie soll zu mir kommen."

Es dauerte nicht lange und es klopfte. Maria Louisa führte seine Patientin herein, wechselte vertrauliche Worte mit dem Arzt und zog sich wieder zurück. Während Dr. Perez Cabra Aufzeichnungen und Unterlagen vor sich ausbreitete, deutete er auf einen braunen Holzstuhl. Seine Patientin setzte sich. Welchen Ton sollte er nun anschlagen? Er hielt einen Ausdruck, das Ergebnis von Laboruntersuchungen, wie ein Corpus Delicti in die Höhe. Dann sah er sie durchdringend an und legte einen beschwörend-ernsten Tonfall an den Tag:

„Haben Sie das Kleingedruckte auf dem Beipackzettel nicht gelesen?! Ich habe ihnen doch schon öfters eingeschärft: Sie *dürfen* – bei den Medikamenten, die ich Ihnen verordnet habe – *auf keinen Fall* weiter Alkohol trinken! Rekapitulieren wir noch einmal Ihre Vorgeschichte: Angeborene Herzschwäche, zwei schwere Infarkte und jahrelanger Genuss hochprozentiger Getränke. Sie *müssen* dringend umsteuern: Sonst kann dies irgendwann zu einem *tödlichen* Mix werden!"

Er sah sie prüfend an und wartete, ob sie eine Reaktion zeigen würde. Seine Patientin verschränkte die Arme, legte den Kopf auf die Seite und wartete ab, ob er noch eine Schippe nachlege. Da er schwieg, schaltete sie sich plötzlich ein.

„Das Kleingedruckte? *Wie* soll ich das entziffern?! Das geht ja noch nicht einmal mit einer Lupe! Und außerdem: Die Hälfte davon versteht ja kein normaler Mensch! Lauter lateinische und medizinische Fachausdrücke! Wenn ich die Beipackzettel-«Ergüsse» von all den Medikamenten lesen wollte, die *Sie* mir verordnen – und wie oft stellen Sie wieder alles um, verordnen andere Medikamente, ändern die Dosis – da hätte ich viel zu tun! Und *wer* macht mir inzwischen den Haushalt? Vielleicht mein Mann?"

Dr. Perez Cabra stöhnte. So etwas nennt man «widerspenstig».

„Also, bitte: *Keine* Ausreden! Sie brauchen natürlich nicht erst alle medizinischen Erklärungen im Detail zu lesen und zu verstehen: Es reicht, wenn Sie meine Anweisungen beherzigen. Glauben Sie mir, ich habe kein Interesse daran, Ihnen die kleinen Freuden des Lebens zu vergällen. Aber als Arzt *muss* ich Ihnen dringend raten, an Ihre Gesundheit zu denken und nicht Ihr Leben aufs Spiel zu setzen!"

Sie zeigte ein pikiertes Gesicht und stützte einen Arm auf, um aufzustehen. Dr. Perez Cabra signalisierte ihr, dass er noch nicht ganz fertig sei. Daraufhin nahm er einige Messwerte noch einmal unter die Lupe und wandte sich schließlich wieder seiner Patientin zu.

„Noch etwas anderes: Ich habe den Verdacht, dass Sie Ihrem Hang zu Zigarillos immer noch huldigen." Mit ihrem Gesicht ging innerhalb kurzer Zeit eine erstaunliche Veränderung vor. Sie sprang regelrecht auf, sah ihn streng an und keifte:

„Das hat mir gerade noch gefehlt! Warum kam ich denn zu Ihnen? Natürlich, damit Sie mich kurieren und *nicht*, damit Sie mir mit moralinsauren Bemerkungen die Stimmung verderben! Ich glaube, ich werde mich doch nach einem anderen Arzt umsehen."

Sie schnappte sich ein von Dr. Perez Cabra zuvor ausgefülltes Rezept und – erhobenen Hauptes und gemessenen Schrittes – verließ sie den Raum.

Kapitel 2: 3 Jahre danach...

Hans Schauder zog einen Vorhang zurück und blickte auf die Avenida, die sich in der Tiefe ausbreitete. Dass sie beide nun in dieser Metropole zu Hause waren, kam ihm noch unwirklich vor. Almudena, eine junge Spanierin, hatte darauf bestanden:

«Entweder du ziehst nach Madrid oder ich heirate dich nicht!»

Als Fotograf mit unzureichenden Spanisch-Kenntnissen musste er nun gleichsam ins kalte Wasser springen: Wieviel kommt auf mich zu...Eine neue Sprache, Mentalität und Kultur, die Orientierung in einer Millionenstadt, nachdem ich am Rande eines großen deutschen Waldgebietes in einem Dorf aufgewachsen bin.

*Madrid...*Hans ließ Bildern, die das Wort in ihm auslöste, freien Lauf: Die «Plaza de Cibeles», herrliche Springbrunnen, pompöse Bauten an der «Gran Vía» sowie Gemälde alter Meister aus einem berühmten Museum.

Almudenas Worte hallten ihm noch im Ohr: «Ich werde dir ganz Madrid zeigen.»

Zunächst muss ich hier aber beruflich Fuß fassen. Er löste sich von dem Anblick regen Verkehrs, ging zu seinem Notebook und durchsuchte das Internet nach Einträgen von Fotografen in der spanischen Hauptstadt. In Anbetracht einer großen Anzahl seufzte er. Wie soll ich mich *da* durchsetzen?

Er erinnerte sich an jenen Abend, an dem seine Frau ihn ihrer Verwandtschaft vorstellte, an den skeptischen Blick seines Schwiegervaters Alfonso. Bestimmt wünschte er sich – auch vor dem Hintergrund der Dauerkrise auf dem Arbeitsmarkt – einen Schwiegersohn mit besseren Berufsaussichten. Verwandte seiner Frau setzten Kenntnisse der spanischen Sprache einfach voraus. Dabei sprachen sie gleich viel lauter, da sie wohl glaubten, der arme Ausländer verstehe sie so besser, so als wäre er schwerhörig. Deutsch hingegen sprachen sie nicht, sah er einmal von jenem Cousin Almudenas ab, der ihm mit Kommentaren wie «Gefallen mir Muller, von FC Bayern Munik, muy fuerte!» in den Ohren lag.

Vor der starken Geräuschkulisse und ständigen Schwierigkeiten in der Verständigung war Hans schließlich mit Kopfschmerzen auf den Balkon geflüchtet, gefolgt von Verwandten, die im Wetteifer Rezepte gegen solche Attacken anpriesen. Hans schien es, als höre er erneut die Bemerkung eines Gastes im Hintergrund:

«Este alemán es algo nervioso, no?» (*Dieser Deutsche ist etwas nervös, nicht wahr?*) Hans erinnerte sich an Gespräche bei der «Cámara de Comercio de Madrid». Für sein Vorhaben, ein Fotostudio zu eröffnen, konnte ihm niemand große Zuversicht vermitteln. Er sah auf die Uhr: Wann kommt Almudena endlich zurück?

3. Kapitel: Einen Monat später...

Na also, wer sagt es denn! Sein Name war schwarz auf weiß unter «Estudios Fotográficos» zu finden. *Endlich* war es ihm und seiner Frau auch gelungen, hierfür geeignete Räumlichkeiten zu finden. Peinlich war ihm hingegen, dass sie gezwungen waren, von Almudenas Vater Kredit in Anspruch zu nehmen. Bald war wieder die Wohnungsmiete zu zahlen, dazu noch die Miete für das Studio. Hans spürte, wie angespannt er war.

Er blickte durch die Glasfront hinaus: Zwei Handwerker besprachen sich und sahen dabei an der Wand hinauf. Hans eilte zur Tür und trat hinzu. Vorsichtshalber nahm er eine Visitenkarte mit, auf der sein Name zu lesen war. Wenn Almudena nur hier wäre! Doch seine Frau war in der Stadt unterwegs, um bei «Segunda Mano», einem Gebrauchtwarenladen, nach Mobiliar für ihre Wohnung Ausschau zu halten. Einer der Handwerker zerdrückte eine Zigarette, stieß Rauch aus und warf einen

Blick auf die Visitenkarte. Dann schüttelte er zur Beruhigung des Auftraggebers den Kopf:

„No se preocupe, Señor, todo claro!" Der Hinweis, er solle sich keine Sorgen machen, löste bei Hans eher das Gegenteil aus. Mit solchen Floskeln kündigte sich meist Unheil an. Was daraufhin der zweite Handwerker von sich gab, klang eher nach Trommelfeuer aus einer Schusswaffe als nach verständlichem Spanisch.

Hans bat die beiden, langsamer zu sprechen. Die Handwerker traten näher und zeigten nach oben, an die Wand. Hans sah hinauf und erkannte nun seinen vollen Namen in schwungvollen Schriftzügen. Ärgerlich war nur, dass am Ende anstatt einem *r* ein *z* stand.

Er wies aufgeregt – „miren Ustedes!" – auf seine Visitenkarte. Es dauerte eine Weile, bis einer der Handwerker den Fehler bemerkte und beschwichtigend gestikulierte. Dann tauchte er den von Farbe triefenden Pinsel ein, um den Irrtum auszubessern. Vielleicht hätte ich mir doch besser ein handfestes Schild gestalten lassen sollen…

Über zwei Wochen waren vergangen, als Hans in seinem Fotostudio kauerte und betrübt vor sich hinblickte. Immer noch kein Kunde, wie soll das weitergehen?! Er betrachtete eine endlose Liste mit Namen und Adressen von Zeitschriften und Werbeagenturen, die er in den letzten Wochen anrief. Ihre stereotypen Antworten: «Wir rufen sie an» oder «wir bleiben in Kontakt», bedeuteten vermutlich nichts anderes als eine Absage. Zum Glück behielt Almudena die Nerven und hielt auch ihrem Vater stand, der hinter dem Rücken seines Schwiegersohnes knurrend die Stichworte «Erntehelfer in Extremadura», in Südwest-Spanien, fallen ließ.

Wie stellt der sich das vor? Soll ich etwa aufgeben, bevor ich richtig angefangen habe, dort arbeiten und nur am Wochenende nach Hause kommen? Hans dachte mit Grimm an seinen eigenen Vater in Deutschland. Anstatt ihn in der schwierigen Anfangszeit zu unterstützen, «erbaute» er ihn am Telefon mit Lebensweisheiten á la «Da musst du jetzt durch, Junge!» Dabei klang seine Stimme so schneidig wie ein frisch geschliffenes Tranchiermesser. Hans betrachtete seine Hände, die jemand einmal als *Künstlerhände* bezeichnete. In seiner Vorstellung tauchte ein Landwirt auf, der ihn von oben bis unten musterte und wieder nach Hause schickte: «Nehmen Sie es sich nicht zu Herzen, aber *Sie* und auf dem Feld arbeiten?» Hans rief sich selbst vom Handy auf Festnetz an. Zumindest die Telefonverbindung funktionierte.

Ob ich Handzettel verteilen sollte? Da frage ich besser erst Almudena, ob das hier üblich ist. Nachher sieht es noch so aus, als ob ich es nötig habe. Das Telefon klingelte schrill, Hans zuckte zusammen. Wie war das noch gleich: «Dígame?» Er meldete sich, etwas aufgeregt. Da erkannte er die Stimme seiner Frau.

„Ich habe vergessen dir zu sagen, dass ich heute Abend noch ins Fitnessstudio gehen will. Wie läuft es bei dir?"
„Es hat noch niemand angerufen", sagte er betrübt.
„Ánimo!" gab sie zurück. „Nur Mut! Aller Anfang ist schwer, das wird schon!"

Hans verabschiedete sich – „Hasta luego, mi amor"– und war dem Schicksal dankbar, dass ihm eine *solche* Frau über den Weg gelaufen war. Aber, wird sie in einigen Wochen immer noch Geduld aufbringen, wenn mein Betrieb nicht anläuft?

4. Kapitel: Heute Abend! Sofort!

Es brach langsam Dunkelheit über der Stadt herein, als Almudena nochmals anrief.

„Ich komme leider etwas später, habe eine Schulfreundin getroffen. Um die Ecke ist eine nette Bar, in der es Tapas gibt. Da kannst du etwas essen gehen. Viel Glück!"

Ihre Glückwünsche scheinen auch nicht in Erfüllung zu gehen, dachte Hans trübsinnig. Vor ihm lagen ein Auftragsbuch und teure Füller. In diese war – in goldenen Lettern – Name und Adresse seines Fotostudios eingraviert. Die Besucherecke war verwaist, der Visitenkarten-Stapel hoch. Ein Fenster stand gekippt. So hörte er, wie Wind aufkam. Niemand war gekommen, obwohl ein Schild in beweglichen Leuchtbuchstaben «abierto» – geöffnet – signalisierte. Fehlt nur noch, dass Alfonso auftaucht und mir das Berufsbild eines Kartoffel- und Tomatenpflückers anpreist. Wie ist er eigentlich von Andalusien nach Madrid gekommen? Vor seinem geistigen Auge erstand die Gestalt seines Schwiegervaters, der sein Gegenüber aus tiefliegenden, dunklen Augen zu fixieren pflegte. Dabei glänzten seine schwarzen Haare, als habe er sie mit Olivenöl eingerieben. Was sagte Almudena: Er war Chef eines florierenden, in mehreren Städten tätigen Kutschfahrt-Unternehmens? Hans stellte sich gerade vor, wie Alfonso einen Hengst striegelte und nebenbei mit einer Peitsche knallte, als das Telefon klingelte. Er legte sein Wörterbuch in Reichweite und atmete tief durch: „Dígame"

Am anderen Ende hörte er Husten, dann trat Stille ein. Hans nannte den Namen seines Studios und geriet sprachlich ins Stocken. Für die Anfangszeit müsste ich eine Hilfskraft einstellen, die Telefonate entgegennimmt. Aber wovon soll ich sie bezahlen? Nun vernahm er die raue Stimme einer Frau:

„Es usted alemán, verdad?"
Wie peinlich! Also hört man an meinem Akzent, dass ich Deutscher bin. Er versuchte, ihr zu erklären, dass er sein Geschäft neu eröffnet habe und…Sie unterbrach ihn. Ihre Sprache kam ihm spanisch vor:
„Aber Sie verstehen Ihr Handwerk?"

Dann fügte sie noch etwas hinzu. Verflixt, was hat sie gesagt: «Urgente»? Also ist es dringend! *„Muy* urgente!" wiederholte die Anruferin und fügte hinzu:

„Ich werde sehr gut zahlen!"

Hans horchte auf und zückte Adressblock und Kuli.

„Sie müssen allerdings heute Abend kommen, sofort!"

„Sí, sí", stammelte Hans, „claro, Señora! Y dónde?"

Wo wohnt sie? Ich muss unbedingt einen «Spanisch-Intensivkurs» belegen. Aber wenn ich dann im Kurs sitze, ruft hier garantiert jemand an.

„Ich brauche Sie für ungewöhnliche Aufnahmen. Hier bei mir, bei uns. Ein besonderer Anlass. Sie haben Glück. Ich habe es bei anderen Fotografen versucht, vergeblich."

Sie haben Glück, sagt sie. Und Almudena wünschte mir Glück. Also hat es doch geholfen. Hans bat die Dame, die er als «älter» einschätzte, den Namen der Straße zu wiederholen. Sie ratterte Name, Straße, Hausnummer nur so herunter. Hans traute sich kaum, das Ganze nochmals zu wiederholen.

„No, no!", protestierte sie. „No es correcto!" Hans schlug hastig einen Stadtführer auf. Wo ist der Metro-Plan? Während er sich suchend umsah – ah, da steckt er! – legte sie schon wieder los. Ihm schien, als habe er nun die Metrostation «Puerta de Arganda» herausgehört. Doch «Avenida de América, Principe de Vergara»? Meinte sie damit Umsteigestationen? Er brachte sie mit Mühe dazu, ihren Namen zu wiederholen. Sie gab nochmals die Straße durch: Numero 77, segunda a la derecha? Die zweite rechts? Hans wollte auf Nummer sicher gehen: „repito" Doch aus der Wiederholung wurde nichts, sie legte auf. Hans griff zum Telefonbuch, blätterte, suchte, verglich Namen, bis er *endlich* fündig wurde.

«Ungewöhnliche Aufnahmen»: Was für ein Anlass? Sofort? Dabei habe ich noch nichts gegessen. Aber sie wird sehr gut zahlen…Hoffentlich erinnert sie sich später noch daran…Gar nicht auszudenken, wenn es länger dauert, bis ich die Adresse finde, sie in der

Zwischenzeit doch noch einen anderen Fotografen anruft, ich umsonst hinfahre und mir auch noch Fahrtkosten entstehen. Aber es wird schon alles gut gehen. In seiner Vorstellung tauchte eine Adelige auf, die einem ihrer Pagen mit Fingerschnippen kühl Anweisung gab, einen großen Stapel Geldscheine auf ein Silbertablett zu legen, sie ihm nach getaner Arbeit auszuhändigen und den Gast dann formvollendet hinauszukomplimentieren.

Hans packte seinen Notizblock mit der Adresse, Mobiltelefon, Visitenkarte, Stadtführer «Guía de Madrid» samt Metroplan ein, verstaute alles in einer großen Fototasche, in der er seine ganze Foto- und Beleuchtungsausrüstung aufbewahrte. Almudena rufe ich von unterwegs an. Er sah sich noch einmal um – habe ich auch nichts vergessen? – schloss hinter sich ab und eilte zur nächsten Metrostation.

Kapitel 5: Sie kommen spät!

Hans warf einen Blick auf die Hinweistafel: «PROXIMO TREN LLEGADA EN: 03 MINUTOS» entzifferte er und übersetzte dies in: «NÄCHSTER ZUG ANKUNFT IN: 3 MINUTEN»

Wenn Alfonso wüsste, dass ich zu einer Kundin unterwegs bin! Zum Glück hat mir Almudena gezeigt, wie man Metrotickets löst. Hans war beeindruckt von Scharen von Menschen, die in alle Richtungen ausschwärmten, hier aus einer Metro heraus-, dort in eine andere Metro hineinströmten. Er sah Leuten nach, blickte in Gesichter und warf dann einen Blick auf den Metroplan: So viele Stationen...In meinem Heimatort gibt es gerade einmal einen Bus, und der fährt auch nicht immer! So über den Plan gebeugt, mochte ihn manch einer für einen Touristen halten, der erstmals über die Grenzen seiner Provinz hinausgekommen ist. Hans fuhr mit dem Finger über Stationen. Die Metro fuhr ein und kam langsam zum Stillstand: Ein Schwung Passagiere drängte hinaus, Nachschub hinein. Hans wurde angerempelt, wich aus und stieg ein.

Eine halbe Stunde später lauschte er verzweifelt den Ausführungen eines älteren Herrn, der die Adresse seiner ersten Kundin in Augenschein nahm, den Kopf schüttelte und schließlich einen Zeigefinger ausstreckte: „Nein, da mussten Sie nicht aussteigen. Wenn Sie aber *jetzt* die Linie *gegenüber*, am anderen Bahnsteig nehmen und *dann* an der 3. Station umsteigen, so müssten Sie – Moment, ja, doch! – gleich Anschluss bekommen."

Hans dankte und machte sich auf den angezeigten Weg. *Jetzt habe ich auch noch Zeit verloren.* Er fühlte sich wie ein Ruderer, dem ein Paddel zerbrochen ist. Zugleich erklang in seiner Erinnerung Almudenas Stimme: Ánimo! nur Mut! Er schaute nervös auf die Uhr.

Endlich war er in der gesuchten Straße angekommen. *Wenn die Hausnummer nicht stimmt? Dunkel ist es hier, ich hätte eine Taschenlampe mitnehmen sollen!* Er rief schnell Almudena an und informierte sie über seinen Kundentermin.

„Muy bien, me alegro!" gab sie erfreut von sich, „todo irá bien, alles wird gut gehen."

Hans beendete das Gespräch und sah sich um. Was für eine abgelegene Straße, wo sind die Straßenlampen? Aus hochgelegenen Fenstern gegenüber fiel trübes Licht. Und wenn ich die Hausnummer finde, aber die Klingel nicht? Ruhig bleiben, suggerierte er sich, tranquilo! Sie kann froh sein, dass ich so spät noch komme. Ein schöner Zug von mir, bei der Flut von Aufträgen. Hans entdeckte eine Hausnummer – oh, ich bin auf der falschen Seite – und überquerte die Straße. In diese Richtung, ja, die Nummern steigen an. Er beschleunigte seinen Schritt.

Endlich stand er vor dem gesuchten Haus. Die Eingangstür flog auf. Ein Mann musterte ihn argwöhnisch und hielt die Tür mit einem Fuß offen. Hans sprach ihn an und nannte die gesuchte Hausnummer.

„Ja, das stimmt."

Er ließ die Tür zufallen.

„Aber klingeln müssen Sie schon selbst. Ich lasse niemand ins Haus, schon gar nicht Unbekannte!"

Er passierte Hans und verschwand in der Dunkelheit. Verflixt, keine Lampe über der Tür, wo sind die Klingelschilder? Hans trat näher. Konnte er zunächst kaum etwas erkennen, so gewöhnten sich seine Augen langsam an die Dunkelheit. Es gelang ihm bruchstückhaft Hinweise auf Stockwerke und Türen zu lesen. Ein Auto fuhr langsam vorbei, Scheinwerfer leuchteten auf. «5º, 6º, 7ºD»! Er klingelte. Es dauerte einige Sekunden, bis er sie durch die Sprechanlage hörte.

„Sie kommen spät!" fauchte sie ihn an. Hans zuckte zusammen. Am Telefon klang ihre Stimme gar nicht so laut. Er wollte gerade «lo siento» – «es tut mir leid» – sagen, als die Tür aufsprang. Oh, ich hätte, für alle Fälle, mein Wörterbuch mitnehmen sollen! Er trat ein, im Treppenhaus war es dunkel. Sie hätte auf den Lichtschalter drücken können, dachte er grimmig. Wo ist der Schalter? Oder wird es nach einiger Zeit automatisch hell? Langsam stieg er die Treppe empor und tastete sich am Geländer entlang. Gibt es hier keinen Aufzug? Da erkannte er einen Schalter, drückte ihn erleichtert, es klingelte laut: Geräusch von Schritten, die Tür flog auf, eine junge Frau stand vor ihm.

„Perdón!" stammelte Hans. „Ich habe mich geirrt."

Er hörte, wie ein Mann im Hintergrund schimpfte, die Tür wurde zugeknallt. Warum macht sie oben kein Licht? Seine Hand glitt über massives Holzgeländer, er stieg langsam empor. Wievielter Stock, sagte sie? Von oben waren Stimmen zu hören.

Merkwürdig war, dass er in dem Stockwerk, das er nun erreichte, gar keine Türen erkennen konnte. Wie soll ich ihre Klingel finden, warum kommt sie mir nicht entgegen?! Es roch seltsam in diesem Haus. Während er sich weiter nach oben kämpfte, grübelte er: Wo habe ich das schon mal gerochen, in einer Reinigung? Nein. In einer Apotheke? Der Geruch war schaudererregend. Wie lange haben die hier nicht mehr durchgelüftet? Er sah nach vorn, konnte nun aber auch keine Fenster an der Wand erkennen. Die Treppe ist aus Holz. Muss sehr alt sein, das Haus. Hans hörte, wie Stufen unter seinen Schritten knarrten. Hoffentlich ist das hier nicht baufällig…

Wenn ich nachher wieder gehe, *muss* sie aber Licht anmachen!

Er erinnerte sich an einen Besuch in einem Haus, in dem das Licht immer nur ganz kurz angegangen und gleich wieder ausgegangen war. Wer da nicht gut zu Fuß ist…Ein Fehltritt, und man stürzt in die Tiefe. Wird das Haus nach oben enger? Ihm kam es so vor, als sei nun auch die Anzahl der Treppenstufen pro Stockwerk größer. Nein, das muss ich mir einbilden. Er lauschte. Keine Spur von ihr. Plötzlich flackerte Licht auf, Hans erschrak und blickte nach oben. Da stand eine Frau, die er sich *so* nicht vorgestellt hatte.

„Sind *Sie* der Fotograf? Sie kommen spät, *sehr* spät!"

Hans entschuldigte sich mühsam.

„Ich wohne noch nicht lange in Madrid und deshalb" Er sah ihr zerfurchtes Gesicht. Eine schwere Kette hing um ihren Hals. Waren darunter Striemen zu sehen? Sie zischte ihn an: „Kommen Sie herein und starren Sie mich nicht an!"

Ihre Stimme klang, als sei ihre Kehle ein Reibeisen. Sie drückte die Tür hinter ihm zu und schloss ab. Da legte sie plötzlich eine Hand auf seine Schulter und schob ihn weiter. „Vorwärts!"

Im Gang leuchtete eine Lampe, die mit seidenartigem, violettem Stoff überzogen war. Hans sah sich flüchtig um. Zu beiden Seiten hingen gerahmte Kunstdrucke an der Wand, darunter das berühmte Bild «Der Schrei» von Edvard Munch. Nun, da sie sich einem Zimmer näherten, hörte man im Hintergrund Musik. Das Stück kenne ich, das ist doch: Der Trauermarsch von Chopin! Wer hört um diese Uhrzeit solche Musik? Sie öffnete eine Tür. Nun drang ein Geruch zu ihm, der leicht zu identifizieren war: Weihrauch! In was für ein Haus bin ich hier geraten? Sie gab ihm ein Zeichen, ihm zu folgen. Auf einmal zog sie mit einer raschen Handbewegung eine Perücke ab, warf sie auf eine Kleiderablage und stand kahlköpfig vor ihm.

„Sie brauchen nicht zu erschrecken! *Noch* nicht!"

Was hat sie da gerade gesagt? Ich verstehe nicht. Sie beschied ihn ins Wohnzimmer. Auch hier war die Lampe mit einem Tuch verhangen. „Bonita, la musica, no?"

Sie fixierte ihn. Hans stutzte. Diese Musik war sehr feierlich und ergreifend, aber «bonita», schön?

„Sí, sí", stammelte er. Sie rückte nach vorn, erhob eine Hand und fuhr ihn an:

„Lügen Sie nicht! Diese Musik gefällt Ihnen überhaupt nicht, das habe ich gleich gemerkt!" Hans verschlug es die Sprache.

„Egal!", zischte sie. Er vermied es, sie voll anzusehen. Auf ihrem kahlen Schädel spiegelte sich getrübtes Licht. In einer Ecke des Raumes schlug eine in kunstvoll verziertes, dunkles Holz eingefasste Wanduhr dumpf die Stunde. Da hörte er plötzlich einen Schrei. Die alte Dame lachte laut auf. Ihre Stimme klang dunkel und so, als habe sie vorher noch mit Whisky gegurgelt.

„Das war das Fernsehen! Die Wände sind hier dünn."

Sie deutete auf einen Stock höher. Dann beschied sie ihn, auf einem Sessel Platz zu nehmen und gab mit Gesten zu verstehen, dass sie gleich wiederkommen werde.

Nun geht es zur Sache. Doch wo ist ihr Mann? Sie hatte doch eine «ocasión especial», einen besonderen Anlass, angekündigt. Nach einer Geburtstagsgesellschaft hielt er vergebens Ausschau. Er ließ den Trauermarsch von Chopin mit seiner unwiderstehlichen Schwermut eine ganze Weile auf sich wirken, bis er endlich ihre sich nähernden Schritte hörte. Nun stand sie in einem langen schwarzen Kleid vor ihm und rauchte eine kleine Zigarre. Dann setzte sie sich auf die Couch.

„Wie ich schon sagte: Fotos aus besonderem Anlass. Ich gehe davon aus, dass Sie ihr Handwerk beherrschen, ich Ihnen keine Anweisungen geben muss. *Keine* Fotos von mir, *nur* von meinem Mann!"

Sie stieß Rauch aus, der sich langsam im Raum verteilte und kniff ihre dunklen Augen zu kleinen Schlitzen zusammen. Auf einmal bemerkte Hans, wie sie eine Hand auf ihr

Herz legte und dabei das Gesicht verzog. Sicher zieht ihr Mann sich gerade um und wird jeden Moment kommen. Sie wirkt aufgeregt: «50. Jahrestag ihrer Hochzeit?»

Hans öffnete seinen Koffer und entnahm ihm seine Lieblingskamera.

„Sehr gut", murmelte sie, wobei sie sich zum anderen Ende des Raumes bewegte. Sie bückte sich und drückte auf eine Taste, der Trauermarsch von Chopin begann von vorn. Einen seltsamen Musikgeschmack hat sie…Hans verschloss seinen Koffer und machte sich Gedanken über die Höhe des Honorars. Ich hätte es vorher vereinbaren sollen, aber es blieb ja gar keine Zeit. Als sie wieder in seine Nähe kam, deutete sie auf den Nebenraum.

„Mein Mann ist nebenan."

Die macht es aber spannend. Hans wartete, ob sie ihm vorausgehen würde. Doch sie gab ihm nur ein Zeichen, die Schiebetür zu öffnen. Hans klopfte an, sie schüttelte den Kopf. „Nicht nötig, er hört nicht!" Schwerhörig? Hoffentlich funktioniert sein Hörgerät.

Kapitel 6: Hallo? Herr Bonilla?

Als Hans den Raum betrat, schlug ihm Weihrauchgeruch noch stärker entgegen. Er blickte nach rechts. Wo steckt er?

„Hallo? Herr Bonilla?"

Sie sagte ja, er hört schlecht. Vielleicht steckt er im Nebenraum. Doch auch aus diesem drang kein Laut zu ihm. Hans öffnete vorsichtig eine Zugangstür und schaute sich um, als ihn dieser Anblick erstarren ließ:

In einem Sessel aufgebahrt, an den ein weiterer Sessel geschoben war, lag – in ein langes weißes Nachthemd gehüllt – ein Mann mit geschlossenen Augen. Um ihn herum leuchteten Kerzen. In seinen wachsartig glänzenden, von Flecken durchsetzten Fingern, steckte ein Rosenkranz schwarzer Perlen. Hans hielt sich eine Hand vor den Mund. Während er seine Augen nicht von dem Mann lösen konnte, der – dies hatte er längst begriffen – nicht nur wie ein Toter aussah, erinnerte er sich an ihre Worte: «Nicht nötig, er hört nicht!» Sicher, er hört mich nicht. Wie könnte er auch?

Hans schoss der Gedanke durch den Kopf, diesen Raum, wie auch die Wohnung fluchtartig zu verlassen. Aber dann dachte er an sein Honorar. Schließlich bin ich schon lange unterwegs. Una «ocasión especial»...

Erklärte sich so das seltsame Verhalten der Frau? Hatte sie, die sich immer wieder den suggestiven Klängen eines berühmten Trauermarsches hingab, durch den Tod ihres Mannes den Verstand verloren? Ist ihr überhaupt klar, dass er *tot* ist? «Er hört nicht», bedeutet ja nicht unbedingt den Tod.

Wie lange war dieser ausgemergelte Mann, der vor ihm lag, schon tot? Vielleicht deshalb der Weihrauch...Sind seine Hände und Schläfen leicht bläulich angelaufen, oder ist dies ein Reflex bläulichen Lichtscheins durch das seidene Tuch, das über die Lampe gespannt ist? Was für eine seltsame Halskrause er trägt. Sieht so ähnlich aus wie bei Adligen in voller Montur auf alten Gemälden. Hans verhielt den Atem und befürchtete, ihm könne übel werden. Dann blickte er auf das Antlitz und den verkniffenen Mund des Verblichenen, dessen Geist schon im Jenseits war...Was vor ihm lag, war nur noch eine grauenerregende Hülle.

Wenn Almudena wüsste…Als er eine Hand auf seiner Schulter spürte, schrak er auf.

„Machen Sie sich an die Arbeit. Wir haben hier nicht Zeit bis morgen früh!"

Hans wagte kaum, sie anzusehen.

„Sie haben mir nicht gesagt, dass er"

„Dass er w a s?" unterbrach sie ihn mit kehlig-rauer Stimme. Barfrauen in alten Filmen sprachen so ähnlich.

„Dass er *tot* ist."

Der Satz war heraus. Hans blickte vorsichtig, wie verstohlen zu ihr.

„Wieso sollte ich Ihnen das auf die Nase binden? Glauben Sie vielleicht, ich hätte Sie zur Beerdigung eingeladen?!"

Sie lachte schrill auf. Dann versackte ihr Lachen wie ein alter Motor, der seinen Dienst einstellt.

„Fotografieren Sie ihn endlich, aus allen Lagen! Ich will –zig Aufnahmen! Benutzen Sie einen Blitz, wenn es nicht hell genug ist."

Sie verließ den Raum. Hans überlegte, ob er sein handliches Stativ mit längerer Belichtungszeit einsetzen sollte. Erlebte er dies gerade wirklich? Was würde Alfonso dazu sagen?

«Ich habe dir ja gleich gesagt, dass du dich bei meinem alten Schulfreund um eine Stelle als Erntehelfer bemühen sollst! Wenn du den Betrieb erst mal kennst: Wer weiß, am Ende kannst du ihm die Buchhaltung machen, in andere Aufgaben hineinwachsen.»

Hans kniff die Lippen zusammen, verhielt den Atem und begann mit ersten Fotoaufnahmen. Blitzlicht flammte immer wieder auf, Kerzen flackerten unruhig. Er trat näher, fotografierte bald von vorn, dann von den Seiten, überwand sich, beugte sich etwas nach vorn und fokussierte das Gesicht des Toten. Wenn sie nur nicht wieder plötzlich auftaucht und mir ihre Hand auf den Rücken legt, die sich anfühlt, wie ein kalter Fisch. Er wunderte sich erneut über die den Hals des Verstorbenen umschließende große Halskrause und den Rosenkranz zwischen seinen Fingern. Wofür braucht sie die Bilder: Eine Todesanzeige? Nun weiß ich, warum sie es so eilig hatte. Der müsste doch längst im Leichenschauhaus aufgebahrt sein.

„Adelante!" (*Vorwärts!*) Sie war lautlos aufgetaucht. „Erschrecken Sie nicht immer so!"

Sie hielt ein Glas in der Hand und goss den Rest eines, dem Geruch nach, alkoholischen Getränkes rasch in ihre Kehle. Da fiel Hans plötzlich ein, dass er ihr ja noch gar nicht sein Beileid ausgesprochen hatte.

„Mis condolencias! Herzliches Beileid!"
Sie sah ihn an, als verstehe sie nicht recht.
„Ihr B e i l e i d? Wer sagt Ihnen denn, dass ich *leide*?!"
Klang dies eben nach Hohn? Sie muss schwer verwirrt sein. Er fuhr fort, den Toten aus allen Lagen abzulichten. „Eso es!" murmelte sie zufrieden, „so ist es gut!". Dann sprach sie halblaut, mit seltsam monoton klingender Stimme, vor sich hin:

„Da liegst du nun. Das hättest du bestimmt nicht gedacht, dass du so viel Aufmerksamkeit bekommst. Nun hat es dir die Sprache verschlagen, wie? Siehst du, wieviel ich – trotz allem – für dich übrighabe? Andere geben ein Foto für ein Sterbebildchen in Auftrag und fertig!"

Sie wandte sich Hans wieder direkt zu und sprach lauter:

„Sie können doch bestimmt große Poster daraus machen? OH, JA, ich werde sie aushängen, an die ganze Verwandtschaft schicken, per Einschreiben mit Rückschein!"

Hans wurde zusehends unheimlich zumute. Habe ich aus ihrer Stimme Schmerz herausgehört? Sicher, sie wird unter dem Verlust ihres Mannes furchtbar leiden. Ist sie vielleicht wahnsinnig geworden oder ist es nur eine vorübergehende Krise? Aber irgendwo muss sie seinen Tod doch gemeldet haben, schließlich muss er beerdigt werden. Hans wurde gewahr, dass er Mühe hatte, klar zu denken. Das muss an der furchtbaren Luft liegen. Blitzlicht zuckte auf, eine Kerze verlosch, Geruch von Wachs breitete sich aus. Zu diesem Zeitpunkt wusste Hans noch nicht, dass sein Mobiltelefon aus Versehen ausgeschaltet war.

Kapitel 7: Ich suche meinen Mann...

Almudena war beunruhigt. Ist er vielleicht in der Bar um die Ecke versandet? War er sauer, weil ich sagte, dass ich später komme? Um diese Zeit müsste er doch längst zurück sein. Wo, sagte er, wohnt die Kundin? Geht doch schnell mit der Metro. Hat er sich verfahren?

Almudena biss sich auf die Fingernägel und schaltete die Mikrowelle wieder aus. Soll ich schnell mal gegenüber, bei der «Tapas Bar», nachsehen? Vielleicht schiebt er sich dort Häppchen in den Mund und hadert mit sich, der Welt und seiner Frau? Sie griff nach ihrem Handy und versuchte ihn zu kontaktieren. Kein Signal! Er lässt es doch sonst immer an. Ganz ruhig bleiben, es wird schon nichts passiert sein, oder etwa doch? Sie stand hastig auf, schloss ab und eilte die Treppen hinunter.

In der Bar angekommen, sah sie sich nach allen Seiten um. Manuel, einer der Kellner, stand hinter dem Tresen, trocknete ein Glas ab, nickte ihr zu: „Qué tal?" (*„Wie geht's?"*)

„Ich suche meinen Mann, war er hier?"

Manuel schüttelte den Kopf.

„Nicht, dass ich wüsste. Warte, ich frag mal."

Als er wiederkehrte, bewegte er als Ausdruck des Bedauerns die Schultern nach oben. „Tut mir leid, ihn hat niemand gesehen. Heute hält es sich mit Gästen eh etwas in Grenzen. Wenn ich sonst noch etwas für dich tun kann, ruf mich an, ja?"

Almudena dankte und verließ eilig die Bar. Draußen brandete Verkehr auf. Autofahrer hupten, überholten, bremsten und Autos verschwanden in der Dunkelheit wieder aus dem Blickfeld. Scheinwerfer und Ampellichter leuchteten auf. Was nun, meinen Vater anrufen? Almudena zauderte, war ihr doch nicht entgangen, dass er von Hans nicht begeistert war. Sein Favorit als Schwiegersohn war Antonio gewesen, der Sohn eines früheren Geschäftsfreundes, ein Langweiler, wie er im Buch stand. Vielleicht sollte ich im Fotostudio nachsehen, ob Hans eine Notiz hinterlassen hat.

Kapitel 8: Was für ein furchtbares Foto!

Als seine Auftraggeberin mit einer Schachtel Streichhölzer in der Hand nahte, rückte Hans unwillkürlich zur Seite. Sie beugte sich nach vorn, zündete eine Kerze erneut an und schaute dabei auf ihren verstorbenen Mann.

„*So* ist es besser" murmelte sie, wich zurück und signalisierte Hans, mit der Arbeit fortzufahren. Hans postierte das Stativ ein wenig anders. Dabei fiel ihm auf, dass sie ausgesprochen krank aussah. Ihr Gesicht war bleich, ihre Augen schienen zu flackern wie Kerzen. Als sie das Zimmer verließ, hörte er, wie sie keuchte. Aus allen Lagen? Damit dürfte ich jetzt bald fertig sein und dann werde ich diese Wohnung, dieses Haus so schnell wie möglich verlassen! Doch wie stellt sie sich die Bezahlung vor? Ich muss die Bilder ja schließlich noch auf Fotopapier bringen. Will sie allen Ernstes einige in der Größe von Postern?

Der Trauermarsch von Chopin war nicht mehr zu hören. Eine unheimliche Stille erfüllte den Raum. Hans wendete seinen Blick von dem Toten ab. Nun hörte er deutlich, wie sie im Nebenraum röchelte. Er erschrak und bewegte sich langsam in das Nebenzimmer. Sie stand mühsam auf und trat langsam näher.

„Lassen sie mich die Fotos sehen!"

Hans zeigte ihr mit Beklemmung, wie sie vor- und zurückblättern und die Fotos betrachten konnte.

„Mir ist so schwindlig", flüsterte sie und blickte in das Display der Kamera. Mühsam fügte sie hinzu:

„Sehr gut! Ja, so ähnlich sah er schon bei Lebzeiten aus." Sie blätterte weiter. „Was für ein furchtbares Foto! Das ist *genauso* wie ich es wollte!"

Hans bemerkte, dass sie nun ständig eine Hand auf ihr Herz hielt, ihr Atem ging schwer.

„Und sehen Sie einmal, dieses Foto hier: Wie hässlich er war! Seine Familie wird sich freuen, wenn sie einen Abzug bekommt. Und wie überrascht sie sein werden! Was meinen Sie: Wissen die schon, dass er tot ist?"

Ihr Blick wirkte unheimlich. Sie wartete seine Antwort nicht ab.

„Glauben Sie, er war ein guter Ehemann?"
Sie war näher an ihn herangetreten. Ihre Augen gingen unruhig hin und her.

„Es ist das Herz... Ich hätte diese Tabletten nie nehmen sollen. Das heißt, die Tabletten schon, aber nicht zusammen mit dem Alkohol. Davor warnte mich einst ein Arzt. Aber ich musste meinem Mann doch zuprosten, wo er immer so viel getrunken hat und nun nicht mehr mit mir anstoßen kann. Oh, wie elend mir ist!"

Sie krallte sich an Hans fest und ließ ihn bald wieder los.

„Warum habe ich das Schicksal herausgefordert, nicht auf ihn gehört?"

Sie deutete auf den Verstorbenen und sprach nun wieder leiser:

„Mein Mann könnte darauf eine Antwort geben. Aber er sagt nichts mehr, er hat sich in Schweigen gehüllt: Endlich!"

Sie wankte in den Nebenraum. Hans war unschlüssig, ob er ihr folgen sollte.

„Kann ich, soll ich etwas für Sie tun, soll ich einen Arzt, einen Notarzt rufen?"

Sie winkte resolut ab.

„Sind Sie mit der Arbeit schon fertig? Ich habe Sie nicht als Krankenpfleger engagiert!"

Sie lachte noch einmal schrill auf, dann stöhnte sie vor Schmerzen und signalisierte Hans, ein Fenster zu öffnen. Hans beeilte sich, rüttelte am Fenstergriff – verflixt, der klemmt! – und brachte ihn, nach einigen Versuchen, endlich auf. Da hörte er ein dumpfes Geräusch, drehte sich um und sah sie auf dem Boden, sah, wie sie nach Luft rang, wobei sie die Augen verdrehte. Vor Schreck erstarrt, schaute er sie an, hörte, wie sie leise Worte von sich gab, die er nicht verstand. Soll ich einen Notarzt, Leute im Haus alarmieren? Aber wie, ohne selbst verdächtigt zu werden? Frau Bonilla schien langsam zu verlöschen, wie eine Kerze. Sekunden später war sie allem Anschein nach tot.

Im Griff der Angst, flogen Gedanken von Hans wie wild durcheinander. Ich muss hier raus, ganz schnell, nichts wie weg! Er nahm seinen Mut zusammen, ging in die Hocke und legte zwei Finger an ihre Halsschlagader. Ihr starrer Blick kam ihm, wie eine Antwort, zuvor. Hans war es zumute, als befinde er sich in einem Fahrstuhl, der in die Tiefe raste.

Er packte, so schnell er konnte, seine Ausrüstung zusammen, verstaute alles in seiner Fototasche und sah sich hastig um. Dann schlich er zur Tür und stellte seine Fototasche in Nähe der Tür ab. Habe ich etwas vergessen? Vorhin hat mich jemand gesehen, unten, wo ich aus Versehen geklingelt habe, obwohl, das Licht ging ja gleich wieder aus. Er ging zurück und sah sich um. Wo ist mein Stadtplan? In meiner Sakkotasche. Und der Zettel, auf dem ich ihre Adresse notiert habe? Er fuhr mit einer Hand in die Hosentasche und fand ihn. Während er den Anblick der Toten vermied, ging er auf leisen Sohlen in das andere Zimmer. Jetzt darf mich niemand sehen. Auf einmal hielt er inne: Meine Visitenkarte, hatte ich ihr eine gegeben? Hat sie meine Adresse und Telefonnummer notiert, vielleicht als ich mit ihr telefonierte?

Kapitel 9: Da stimmt etwas nicht...

Zwei Stockwerke tiefer räkelte sich Ruben, mit ausgestreckten Füßen, auf einer ramponierten Ledercouch. Er wohnte erst seit einigen Monaten in diesem Haus. Nun ließ er die Bewohner, soweit er sie schon zu Gesicht bekommen, Worte mit ihnen gewechselt hatte, Revue passieren:

Nein, bei der alten Vettel im Erdgeschoss ist bestimmt nichts zu holen. Bei den Studenten schon gar nicht. Vor diesem spießigen Hausmeister muss ich mich in Acht nehmen, der hat Argusaugen, ist mir gleich aufgefallen. Doch in den oberen Stockwerken wohnt ein alleinstehender Herr. Mit dem muss ich unauffällig ins Gespräch kommen. Und dann wohnt weiter oben noch eine Dame. Ich glaube, die ist verheiratet. Der sollte ich meine Nachbarschaftshilfe anbieten. Wenn ich für sie erst einmal die Einkäufe erledige, habe ich sie bald in der Hand. Dann trage ich ihr die Tasche rein, sehe mich unauffällig um...Vielleicht leidet sie auch noch an Sehschwäche, ha-ha-ha!

Alejandro verließ die Metrostation. Nun musste er zunächst warten, bis Fluten von Autos vorbeigerauscht waren, das Signal zum Überqueren der Straße erschien. Er ließ eine noch glimmende Kippe auf den Boden fallen und drückte sie mit dem Absatz aus. Während er vor sich hinsah, kam ihm eine Frau in den Sinn, die im selben Haus wohnte wie er und die er in Gedanken immer nur «die Kahlköpfige »nannte. Seltsam, habe sie schon eine ganze Weile weder gesehen, noch gehört und da erinnere ich mich plötzlich an sie auf dem Nachhauseweg. Dabei wusste er früher gar nicht, dass sie kahlköpfig war, bis sie sich eines Tages, als sie ihren Müll in die Tonne kippte, nach vorn beugte und ihre Perücke verrutschte.

Nun, da ihm der Müll in den Sinn gekommen war, erinnerte er sich, dass sie sonst immer an einem bestimmten Tag der Woche, unten vor den Tonnen, mit ihrem Müll herumhantierte und immer um dieselbe Uhrzeit. Und dies, obwohl die Müllabfuhr doch jeden Tag bzw. jede Nacht kam. Wo steckt sie? In Urlaub wird sie wohl kaum sein. Er schüttelte den Kopf und streifte diese Gedanken ab wie

einen Mantel. Als er jedoch vor der Eingangstür des Hauses angekommen war, fiel ihm auf,
dass in ihrem Briefkasten jede Menge Post
steckte. Irgendetwas stimmte hier nicht. Er
beschloss, bei Marcos zu klingeln. Dieser
kannte sie schon länger und hatte vielleicht
eine schlüssige Erklärung. Außerdem bot
Marcos einem Besucher immer gleich etwas zu
trinken an. Alejandro schloss auf und stieg
Treppen empor. Schon in Reichweite der Tür,
die zu der kleinen Wohnung von Marcos führte, hörte er Musik. Er drückte auf die Klingel
und musste nicht lange warten.

„Hola, Alejandro, qué tal?" („*Hallo,
Alejandro, wie geht's?*")
Marcos bat ihn mit weit ausholender Geste
herein.
„Ich habe gerade eine Flasche Rotwein aufgemacht, auch ein Glas?"
„Wenn du darauf bestehst", scherzte
Alejandro und machte es sich auf einem Sessel
bequem. Marcos verschwand kurz in der Küche und kam mit zwei gefüllten Gläsern zurück.

„Ich komme gerade aus der Metro, als ich plötzlich an die Kahlköpfige denken muss: Ist dir auch aufgefallen, dass sie schon seit einer ganzen Weile nicht mehr auftaucht?"

Marcos dachte nach.

„Ja, du hast recht. Ich habe sie auch schon länger nicht mehr gesehen."

„Und ihren Mann?"

„Kann mich kaum noch an ihn erinnern. Der wird viel zu Hause herumsitzen, vermutlich nicht mehr gut zu Fuß."

„In ihrem Briefkasten steckt ein Haufen Post. Da stimmt etwas nicht."

„Meinst du? Vielleicht sollten wir mal bei ihr klingeln und nachsehen."

Hans suchte verzweifelt nach seiner Visitenkarte. Nun, da er angestrengt überlegte, gerieten seine Gedanken vollends in Verwirrung. Habe ich ihr überhaupt eine zugesteckt, als ich hereinkam? Oder später? Bestimmt hat sie meinen Namen und meine Adresse notiert, vielleicht bei ihrem Telefon, ich *muss* sie finden! Wenn jemand die beiden findet, meine Visitenkarte entdeckt, einen falschen Zusammenhang herstellt...

Alejandro und Marcos verließen die Wohnung, Marcos schloss ab und ging voran.

„Sollten wir erst den Hausmeister fragen?"

„Nein, lass mal. Wir sehen erst nach und wenn sie nicht aufmacht, können wir ihn immer noch informieren."

Das Licht ging schon wieder aus. Marcos tastete nach dem Lichtschalter.

„Meinst du, wir können jetzt noch klingeln?"

„Ja, sicher. So spät ist es noch nicht. Vielleicht läuft ja auch der Fernseher. Dann wissen wir, dass sie noch auf ist und fragen nach, wie es ihr geht."

Als sie sich auf das obere Stockwerk zu bewegten, hörte Hans Schritte, die von unten kamen. Er erschrak, blieb erst stehen, bewegte sich dann langsam zur Wand und lehnte sich an. Soll ich schnell wieder ins andere Zimmer gehen? Vielleicht habe ich die Geräusche auch falsch interpretiert? Nun aber hörte er deutlich, wie sich Schritte näherten. Ist gegenüber noch eine Tür, wohnt da jemand? Er spürte, wie sein Atem flog, sein Herzschlag sich beschleunigte. Hans presste eine Hand gegen die Wand und versuchte, so leise wie möglich zu sein. Jetzt bloß kein Hustenreiz oder Ähnliches! Wenn Almudena wüsste...Ihm war, als überliefe ihn Kälte und Hitze zugleich. Auf einmal waren die Schritte nicht mehr zu hören. Also kamen sie doch von einem Stock tiefer. Hans atmete erleichtert auf, als es an der Tür plötzlich laut klingelte. Er erschrak heftig, presste die Lippen zusammen und hielt den Atem an.

Kapitel 10: Ich mache mir Sorgen...

Almudena wurde zusehends nervös. Um diese Zeit müsste er zurück sein. Noch mehr irritierte sie, dass sie ihn immer noch nicht über sein Handy erreichen konnte. Hoffentlich ist nichts passiert! Wie immer, wenn sie nervös war, kaute sie an ihren Fingernägeln. Dann stand sie auf, setzte sich wieder, bis sie zum Telefon eilte. Sie drückte eine Kurzwahltaste und kurze Zeit später vernahm sie die sonore Stimme ihres Vaters.

„Ich mache mir Sorgen. Hans ist nicht zurückgekehrt, nimmt auch nicht ab. Sein Handy ist tot. Ich"

Ihr Vater registrierte, wie aufgeregt sie war.

„Jetzt mal ganz ruhig. Wo ist er denn überhaupt hin? Noch einen trinken gegangen? Das ist doch völlig normal! Dem wird die Decke auf den Kopf gefallen sein und"

„Nein, er bekam einen Anruf."

„Ach, er hat *Kunden*?"

„Eine Kundin, eine Frau, glaube ich."

„Eine Frau... *Wo*?"

„Er hat irgendwas gesagt, aber ich kann mich nicht mehr erinnern."

„Warst du in seinem Fotostudio? Vielleicht ist er da oder hat eine Nachricht hinterlassen."

„Da war ich vorhin: Keine Spur."

„Er ist bestimmt ausgegangen, auf eine *copa*, sag ich dir. Vermutlich feiert er den ersten Auftrag. Na, ja, wenn *das* ein Grund zum Feiern ist."

„Da stimmt etwas nicht, das sagt mir mein Gefühl."

Ihr Vater grübelte, ob er nun seine Auffassung von der Klarsicht weiblicher Gefühle von sich geben sollte.

„Wenn du in einer halben Stunde immer noch nichts von ihm gehört hast, rufst du mich nochmals an, ja? Vielleicht hat er sich verfahren. Ganz schön groß unser Metronetz. Bedenke mal, dass er aus einem Kuhkaff"

Er biss sich auf die Lippe. Sie tat, als habe sie es überhört.

„Bis später."

Alejandro und Marcos standen vor der Wohnungstür und lauschten, ob aus dem Inneren etwas zu hören war.

„Ob die beiden schon schlafen?"

Alejandro schüttelte den Kopf.

„Glaube ich nicht. Klingel mal."

Marcos drückte fest auf die Klingel. Ein schriller Laut, Stille.

„Meines Wissens ist ihr Mann schwerhörig."

Marcos drückte nochmals ganz fest auf die Klingel und trat näher.

„Ich höre nichts."

Hans hielt sich instinktiv eine Hand vor den Mund. Wie komme ich hier wieder raus? Er erschrak: Almudena wird bestimmt mehrmals versucht haben, mich zu erreichen. Wenn es klingelt, hören sie es bestimmt. Wo ist mein Handy, in der Fototasche? Ich muss es ausschalten, kann mich jetzt aber nicht bewegen. Wann verschwinden die endlich?!

„Drück nochmals, letzter Versuch! Die sind nicht verreist, das hätte ich mitbekommen. Außerdem hat sie, soweit ich weiß, jemand an der Hand, der ihr im Notfall den Briefkasten leert. Ihr Briefkasten ist gut gefüllt, die beiden müssen da sein."

Hans konnte ihre Unterhaltung nur undeutlich, zuweilen bruchstückhaft, hören. Als die Klingel schrill ertönte, spürte er, wie schnell sein Herz schlug. Seine Gedanken sprengten gleichsam davon, wie galoppierende Pferde, die keinem Zuruf mehr gehorchen:

Wenn das so weiter geht, das halte ich nicht mehr lange aus. Ich muss raus hier, so schnell wie möglich. Nebenan liegen zwei...

Es darf nicht wahr sein, bei meinem ersten Auftrag. Was soll ich Almudena erzählen? Ich darf mich nicht bewegen, sie könnten es hören und dann? Jetzt scheint mir, dass sie gegangen sind, oder? Vielleicht wohnen sie ganz unten oder irgendwo in der Mitte und hören, wenn ich die Treppen hinunterlaufe. Ich muss ganz langsam gehen. Am besten ich ziehe die Schuhe aus. Aber was, wenn dann plötzlich jemand aus der Tür kommt und sieht, wie ich mich, mit den Schuhen in der Hand, heimlich aus dem Haus schleichen will? So ein Mist, dass es hier keinen Aufzug gibt! Die ganzen Treppen in dem alten baufälligen Haus, da hört man, wenn jemand nach unten geht. Wenn sie auf der Lauer liegen…

Ich höre nichts mehr, gehe langsam zurück, hole meine Fotoausrüstung, dann nichts wie raus! Ich habe ihr keine Visitenkarte gegeben, jetzt erinnere ich mich. Hans lauschte, hörte nichts mehr, atmete auf. Es scheint, sie sind endlich gegangen. Er schlich langsam zurück. Nur wenige Schritte entfernt lagen zwei Leichen, darunter die einer Frau, mit der er vorhin noch Worte wechselte. Er setzte vorsichtig einen Fuß vor den anderen, als er plötzlich gegen etwas stieß. Eine große Porzellanvase fiel von einem Regal, zerbrach in Stücke.

„He, hast du das gehört?!"

Hans kam es vor, als zerbreche er selbst in Einzelteile. Nun hielt ihn nackte Panik im Griff. Sie waren gar nicht gegangen! Marcos sah Alejandro vielsagend an.

„Hallo? Ist da jemand? Machen Sie bitte auf, Frau Bonilla. *Wir* sind es, Marcos und Alejandro. Wir machen uns Sorgen. Können Sie uns hören?"

„Vielleicht war das ihr Mann. Vielleicht lief er im Dunkeln durch die Wohnung, stieß etwas um und hat es nicht gehört."

„Dann hätte Frau Bonilla es aber gehört und würde bestimmt hinzukommen oder ihn rufen!"

Er drückte resolut auf die Klingel.

„Hallo? Machen Sie bitte auf! *Wir* sind es, Marcos und Alejandro."

Niemand rührte sich.

„Du, das geht nicht mit rechten Dingen zu. Komm, wir holen den Hausmeister."

Kapitel 11: Ruben wurde hellhörig...

Hans wurde vollends eine Beute der Angst. Da stand er nun im wahrsten Sinne des Wortes vor Scherben, in einer Wohnung mit zwei Toten, hoch oben in einem Haus, so dass auch eine Flucht aus dem Fenster unmöglich war. Sie wollen den Hausmeister rufen. Oh, nein! Er spürte, wie ihm Schweiß den Nacken hinunterlief.

Wie wird er reagieren: Wird er nur gegen die Tür klopfen, eine Weile warten, ihnen dann sagen, sie sollen es gut sein lassen? Wird er denken, die beiden schlafen und vorschlagen, abzuwarten: Bis morgen früh??? Und wenn er einen Ersatzschlüssel hat? Wo kann ich mich notfalls verstecken? Dieser Geruch...Täuscht der Eindruck, oder verliert der Weihrauch langsam an Wirkung?

Marcos signalisierte Alejandro oben zu warten, während er sich nach unten begab, um den Hausmeister zu suchen. Als Marcos den Stock passierte, in dem Ruben wohnte, hörte dieser Geräusche. Ruben öffnete seine Tür und kam hervor.

„Hallo, Marcos, was ist los? Ich habe euch gehört. Ihr wart oben?"

„Ja, da stimmt etwas nicht. Ich hole den Hausmeister."

Ruben wurde hellhörig.

„Oben, bei Frau Bonilla und ihrem Mann?"

„Genau."

„Soll ich mitkommen?"

„Vielleicht gehst du hoch – für alle Fälle, als Verstärkung – und wartest mit Alejandro vor der Tür? Wir kommen bald."

„Alles klar."

Ruben war mit dieser Antwort sehr zufrieden. Hochgehen, das war genau das, was er selbst vorhatte. Er stieg langsam die Treppen empor. Oben angekommen, erspähte er Alejandro, mit dem er bisher kaum ins Gespräch gekommen war.

„Du bist Ruben, nicht wahr?"

„Ja, ich habe Marcos getroffen. Er sagte, ich solle hochgehen und mit dir vor der Tür warten."

Alejandro gab ihm ein Zeichen, etwas näher zu kommen.

„Am besten wir sprechen etwas leiser. Wer weiß, wer sich hinter der Tür verbirgt."

„Du meinst Einbrecher?" gab Ruben flüsternd zurück. Alejandro zuckte mit den Achseln.

„Ich weiß nicht. Vorhin hörte es sich an, als habe jemand etwas umgestoßen. Es klirrte."

Marcos klingelte und hörte Geräusche sich langsam nähernder Schritte.

„Voy!" (*„Ich komme!"*)

Álvaro Luengo Diaz, der Hausmeister, öffnete die Tür, die mit einer Sicherheitseinrichtung ausgerüstet war. Er linste mürrisch hinaus und entfernte Riegel und Kette.

„Was gibt es? Normalerweise mache ich um diese Uhrzeit nicht mehr auf!"

Der Hausmeister stand im Unterhemd und einer verwaschenen Trainingshose. Im Hintergrund roch es noch «tortilla de patatas». Marcos erklärte ihm auf die Schnelle den Fall und wartete, während der Hausmeister sich etwas überzog. Als er wieder zurückkam, trug er einen kleinen Sack, in dem er verschiedene Gerätschaften mit sich führte.

„Haben Sie einen Schlüssel für die Wohnung?"

„Einen Schlüssel? Wo kämen wir hin, wenn der Hausmeister für jede Wohnung einen eigenen Schlüssel hätte!"

Als sie oben angekommen waren, sagte Alejandro:

„Ich habe Schritte gehört, aber es macht niemand auf. Wir haben vorhin nochmals gerufen."

Nun war die ganze Kompetenz und Lebenserfahrung eines Hausmeisters in diesem Stadtviertel von Madrid gefragt. Álvaro Luengo Diaz kniff ein Auge zu, öffnete es wieder und fasste sich ans Kinn.

„Ich versuche es mal!"

Er trat vor, räusperte sich und ließ sein lautes Organ hören:

„Frau Bonilla?! *Ich* bin es, der Hausmeister! Vorhin klirrte etwas in ihrer Wohnung und da wollten wir, wollte ich nachsehen, ob alles in Ordnung ist. Können Sie bitte aufmachen?"

Er klingelte nochmals.

Hans, hinter einem Vorhang versteckt, durfte gar nicht daran denken, *wer* noch mit ihm in der Wohnung war…Was für ein Gefühl: Man ist zu dritt, kann aber mit niemand sprechen, weil die andern beiden tot sind. Was mache ich, wenn die Männer vor der Tür in die Wohnung eindringen? Seine Gedanken sprangen wie wild hin und her. Irgendwo unter ein Bett kriechen?

Nun hörte er mit Entsetzen, wie sich jemand an der Eingangstür zu schaffen machte. Der Hausmeister hatte kurzerhand eine Entscheidung getroffen. Hier konnte ein Mann wie er nicht länger zuwarten. Sicher, er konnte auch gleich die Polizei anrufen, aber bis die kam, das konnte im Zweifelsfall dauern. Wenn Frau Bonilla jetzt vielleicht dringend Hilfe brauchte, sie bewusstlos, ein Einbrecher in der Wohnung war, die beiden vielleicht sogar geknebelt waren? Der Hausmeister hatte vorsorglich einen schweren Klappschirm mitgenommen, der notfalls als Knüppel gute Dienste leisten würde. Nun zog er Werkzeuge hervor, schraubte, stemmte, schnaufte, hebelte, bis die Tür seinen Manövern nichts mehr entgegensetzte und aufsprang. Er hob eine Hand in die Höhe –

„Achtung!" – und war nun ganz Herr der Situation. Hier waren neben Unerschrocken-heit zweifellos seine Führungseigenschaften gefragt. Er senkte eine Hand und bedeutete den anderen, ihm langsam zu folgen.

Hans, der mitbekam, wie Männer langsam in die Wohnung eindrangen, verging vor Ent-setzen. Mittlerweile kauerte er auf dem Boden und hatte vergeblich versucht, sich unter das Sofa zu zwängen, das in einiger Entfernung des Leichnams von Herrn Bonilla stand. Er erhob sich schnell und versteckte sich, so leise wie möglich, wieder hinter dem Vorhang. Der Hausmeister, Marcos und Alejandro über-schritten die Türschwelle und gingen voraus, Ruben folgte als Letzter. Schon nach wenigen Metern entdeckte dieser zu seiner Überra-schung eine schwarze, halb geöffnete Fotota-sche, die die anderen in der ganzen Aufregung übersahen. Im Inneren war unschwer eine herrliche Fotografen-Ausrüstung zu erkennen. Er packte die Tasche, stellte sie schnell draußen vor die Tür und schlich dann sofort zurück. Niemand hatte es bemerkt.

„Braucht ihr mich noch oder kommt ihr allein klar?"

Der Hausmeister beschwichtigte: Drei Männer, unter meiner Führung, das reicht! Du kannst gehen."

Ruben verließ die Wohnung, schnappte sich die Fototasche und lief schnell die Treppe hinab. Dann verschwand er in seiner Wohnung, schloss hinter sich ab, löschte das Hauptlicht und ging mit der Fototasche in einen Nebenraum. Dort zog er Seidenhandschuhe über, griff sich ein feines Tuch und fuhr damit langsam und gründlich über Fototasche und Kamera. Danach ließ er Handschuhe und Tuch im Schrank verschwinden und betrachtete seine Neuerwerbung mit großer Genugtuung. Ein herrliches Teil...Eines? Zwei! Neben einer Digitalkamera der Extraklasse fand sich noch eine weitere Kamera, die dazu gedient haben mochte, den Austausch von Objektiven zu vermeiden. Die Fototasche war innen schön ausgepolstert, schwarzer Samt. Da muss ich gleich mal recherchieren, was so edle Apparate neu kosten; wird ganz schön was bringen.

Ruben nahm die Fototasche in Augenschein und fand keine besonderen Hinweise auf den früheren Eigentümer. Am besten ich verschwinde damit baldmöglichst. Am Ende kreuzt hier noch die Polizei auf und will uns alle befragen. Wenn dann einer von denen auf die Idee kommt, mich in meinen Räumen aufzusuchen, sich dabei genau umsieht und alles inspiziert: Zu riskant! Er notierte sich Angaben, die er den Fotoapparaten entnehmen konnte, eilte zu seinem Notebook und fand bald entsprechende Geräte.

„Vaya, que precios!"

Ruben registrierte mit Genugtuung den hohen Neuwert beider Fotoapparate, löschte Spuren besuchter Internetseiten und fuhr sein Notebook wieder herunter. Dann packte er die Fototasche samt Inhalt in eine größere Tasche, über die er noch ein paar Tücher legte, nahm Handy und Adressbuch mit, löschte das Licht und verließ das Haus.

Kapitel 12: *Wen* haben wir denn da?!

Der Hausmeister, mit einer Mischung aus Anspannung und Selbstbewusstsein im Blick, legte einen Finger auf die Lippen. Dann sah er sich vorsichtig, nach allen Seiten um, ganz so, als trage er eine entsicherte Schusswaffe. Marcos und Alejandro folgten ihm und sahen sich, auf seinen Wink hin, im Nebenraum um. Es dauerte nicht lange, bis ein Schrei des Entsetzens die Stille des Raumes durchbrach. Ein Schrei, dem bald ein weiterer Ausruf des Schreckens folgte.

Bekam Marcos als Erster den Leichnam von Frau Bonilla zu Gesicht, so Alejandro den ihres Mannes. Obgleich es in den Räumen recht dunkel war, so drang doch ein schwacher Lichtschein aus erleuchteten Fenstern eines unweit stehenden vielstöckigen Hauses. Es war schließlich der Hausmeister, der hinter einem Vorhang eine leichte Bewegung wahrnahm. Er preschte sofort entschlossen nach vorn, riss den Vorhang weg und zog resolut einen Mann hervor. Marcos drückte auf einen

Lichtschalter, drei Augenpaare schauten in Richtung Hans.

„*Wen* haben wir denn da?!"

Der Hausmeister hielt, mit Drohgebärde, immer noch seinen ausklappbaren Schirm in der Hand. Doch so, wie es aussah, war hier keine Gegenwehr zu befürchten. Oder hielt der Eindringling eine Waffe versteckt? Der Hausmeister behielt Hans fest im Blick.

„Alejandro, ruf die Polizei an! 112!"

Hans erhob, geradezu flehentlich, die Hände und stammelte:

„Nein, bitte nicht. Ich werde alles erklären, ich" Der Hausmeister schnauzte ihn an:

„E r k l ä r e n? Ja, das wirst du müssen. Allerdings nicht uns, sondern der Polizei!"

Noch bevor er den Satz beendete, stellte er fest, dass ihm doch eben etwas aufgefallen war. Der Täter sprach Spanisch mit Akzent. Ein Ausländer! Da sieht man es mal wieder! Es gibt hier viel zu viele von euch. Ab in die Heimat!

„Wo kommst du her?"

„Ich bin Deutscher, ich"

Der Hausmeister fixierte ihn weiterhin, während Alejandro – in einiger Entfernung – bereits mit der Polizei sprach.

„Ein Deutscher", begann der Hausmeister, „würde mich wundern, glaube ich kaum. Auf Urlaub hier und nebenbei noch Verbrechen begehen?"

Hans konnte seine Aufregung nicht mehr im Zaune halten.

„Ich werde alles erklären, es war nämlich so, dass" „Schweig! Wir wollen gar nicht hören, wie du sie umgebracht hast!"

Hans schlug die Hände vor sein Gesicht.

„Ich bin kein Tourist, ich wohne in Madrid!"

Der Hausmeister schaute skeptisch, dann winkte er ab.

„Originelle Ausrede. Vermutlich schon lange, he? Das hört man am Akzent."

Er wendete sich Alejandro zu:

„Und, was sagen Sie?"

„Sie kommen bald, kann nicht mehr lange dauern."

War eine gute Idee, dachte der Hausmeister, dass wir allesamt hoch gegangen sind. Eine Waffe hat er anscheinend nicht dabei. Und wenn er auf die Idee kommen sollte, doch noch eine hervorzuziehen: Paff! Ein Schlag mit dem Stockschirm und er liegt flach.

Kapitel 13: Carlos grinste...

Ruben war inzwischen wieder aus der Metro gestiegen. Nun trennten ihn nur noch ein paar Straßen von der Wohnung von Carlos, einem alten Bekannten. Unterwegs hatte er ihn – in verschlüsselter Sprache, zu der beide den Code kannten – schon vorinformiert:

«Edle Möbel, neuwertig, günstig, direkt vom Hersteller!»

Mit Carlos ließ sich immer ein vernünftiger Preis erzielen, mit dem beide Seiten gut leben konnten. Nur heute war Eile geboten. Wer weiß, nachher sind die Polizisten etwas schneller und am Ende erzählt der Hausmeister denen noch brühwarm, dass ich auch mit hoch gegangen bin. Obwohl, kein Problem. Ehrt mich doch: «Verantwortungsgefühl für die Hausmitbewohner. Nachbarschaftshilfe!» Falls sie nachher noch da sind, gehe ich hoch und stelle mich vor. Das macht bestimmt einen guten Eindruck, ha-ha-ha! Diese Volltrottel! Er lachte wild in sich hinein.

Ein strammer kleiner Fußmarsch, und schon stand er vor dem etwas versteckt liegenden Haus, in dem Carlos ein kleines Appartment bewohnte. Er drückte forsch auf die Klingel und brauchte nicht lange zu warten. Die Tür flog auf, Carlos geleitete ihn mit breitem Grinsen herein.

„Schön, dass du kommst. Ich kann momentan wirklich ein paar neue Möbel gebrauchen."

Beide lachten laut auf. Carlos klopfte Ruben fest auf die Schulter und ging, um eine Ecke voraus. Als sie in der Wohnung waren, packte Ruben sofort aus.

„Hier, *sieh* dir das an!"

Carlos beugte sich vor und wiegte anerkennend den Kopf. In etwa so wie ein Chefkoch, der im Vorübergehen den Duft eines Gerichtes aufnimmt und seine Anerkennung für die gute Würzmischung durchblicken lässt.

„Mal wieder vom Feinsten!"

„So sehe ich das auch. Und was gedenkt der Herr zu zahlen?"

Carlos kramte ein dickes Portemonnaie hervor und holte einen Stapel 100-Euro-

Scheine raus. Einen nach dem anderen legte er auf den Tisch. Am Ende entnahm er einer Schatulle noch kleinere Scheine.

„Dein Realitätssinn ehrt dich. In dieser Höhe hatte ich mir das auch vorgestellt."

„Wir verstehen uns einfach. Du hast es heute eilig, sagtest du?"

„Ja, ich muss bald los. Der Hausmeister hat die Polizei verständigt. Ein Eindringling in einer Wohnung im obersten Stockwerk."

Carlos ließ eine Schulter hängen und wippte mit den Füßen. Von der Küche her roch es leicht nach Marihuana.

„Grüße bitte die Herrschaften von der Polizei von mir."

Carlos grinste breit.

„Und die Tasche, was mache ich damit?"
„Verschwinden lassen."

Carlos nickte.

„Woher stammen die beiden? Vom Hersteller sagtest du?"

„Im Endeffekt schon. Du, ich muss jetzt wirklich los."

Ruben steckte das Geld ein und klopfte seinem alten Freund zweimal auf die Schulter.

„Ich denke, mit dem Preis können wir beide gut leben. Dafür bekommst du auf dem Schwarzmarkt viel mehr."

„Schon klar. Aber vergiss nicht das Risiko." Ruben wiegelte ab.

„Halb so wild. Jeder kann solche Apparate legal erworben haben. Mein Tipp: Verkaufe sie nach einander, nicht alles auf einmal."

„Ich bring dich zum Ausgang."

Kapitel 14: Gar kein Grund zur Aufregung...

Almudena lief nervös hin und her. Verflixt, mit wem telefoniert er so lange? Die Nummer ihres Vaters war ständig besetzt. Sie versuchte es erneut.

„*Endlich* bist du frei. Hans ruft nicht an und ist überdies die ganze Zeit nicht erreichbar. Ich mache mir solche Sorgen."

Alfonso, ihr Vater, legte eine glimmende Zigarre zur Seite. Er saß in einem breiten Sessel und streckte die Füße aus. Im Raum roch es leicht nach Cognac. Er warf einen Blick auf die Wanduhr.

„Hat er gesagt, was für einen Auftrag er bekam?"

Almudena bemühte ihr Gedächtnis.

„Ich glaube, er sagte etwas von wegen «besonderer Anlass»."

„Na siehst du! Gar kein Grund zur Aufregung. Eine Hochzeitsgesellschaft wird es wohl kaum sein. Da werden die Fotos und alles andere ja viele Monate vorher geplant. Aber es könnte eine Familienfeier sein, vielleicht eine bekannte Familie, ein runder Geburtstag.

Die feiern manchmal bis in die Nacht, und wenn er dann die ganze Sippschaft ablichten soll – samt Schwiegermutter, Nichten, Neffen – das dauert."

Er hoffte, dass sein leger vorgebrachter Kommentar seine Tochter etwas entspannen würde. Almudena jedoch gab zurück:

„Wenn es eine große, bekannte Familie ist, werden sie doch nicht einen noch unbekannten Fotografen engagieren, oder?"

Alfonso blies die Backen auf. Mit einer Hand schob er die Cognacflasche in Griffweite. Vor seinem geistigen Auge tauchten die landwirtschaftlichen Nutzflächen seines alten Schulfreundes Miguel auf. Hacke und Spaten, solide Arbeit auf dem Acker, das ist schon etwas anderes, als auf den Auslösern von Fotokameras herumzuklicken. All das Getue um optimale Posen, womit Fotografen davon ablenken, dass sie harte Arbeit scheuen. Wenn ich da an meine eigene Hochzeitsfeier denke: Zwei, drei Fotos, und der Fotograf konnte gehen!

„Hm, also wenn du mich fragst: Wenn die anderen in Urlaub oder ausgebucht sind? Stell dir vor, sie rufen bei anderen Fotografen an, und es ist ständig besetzt. Da fackeln die nicht lange und engagieren den nächsten, der frei ist."

„Und was schlägst du vor? Soll ich jetzt hier weiter allein warten?"

Alfonso zog die Stirn in die Höhe und rollte mit den Augen.

„Also gut, ich komme."

Ruben schloss die Tür auf und betrat das Treppenhaus. So leise wie möglich stieg er die Treppen empor, die zu seiner Wohnung führten. Er trat ein und überlegte, wo er das viele Geld deponieren sollte. Einen kleineren Teil ließ er in seinem Geldbeutel. Den Rest verteilte er in verschiedene Verstecke. Vielleicht sollte ich bald mal oben vorbeischauen...

Hans, der zusehends die Nerven verlor, versuchte es noch einmal.

„Ich kann alles erklären. Ich bin Fotograf, wurde hierher bestellt, sollte Fotos machen, ich"

„So?" fiel der Hausmeister höhnisch ein, „Fotos! Ja, die werden gemacht werden: Von zwei Leichen! Und von dir: *Erkennungsdienstlich*. Ein Fotograf, der sich hinter dem Vorhang versteckt, während zwei alte Leute tot auf dem Boden liegen: Das kannst du deiner Großmutter erzählen, falls du noch eine hast!"

Er musterte Hans von oben bis unten.

„Fotograf! Eine originelle Ausrede. Vermutlich noch eingeflogen, wie? Wahrscheinlich bist du gar kein Deutscher. Und wo bitte schön ist dann deine Kamera? Ha!"

Hans fühlte wieder Hoffnung aufsteigen.

„Da vorn! Ich habe sie dort in Nähe der Tür deponiert, als ich"

Der Hausmeister schnitt ihm das Wort ab.

„Als du die Flucht ergreifen wolltest? Alejandro, schaue nach! Keiner soll sagen, dass wir unfair sind."

Alejandro bewegte sich zur Tür und sagte laut und bestimmt:

„Hier ist nirgendwo eine Kamera zu sehen!"

Hans wurde bleich.

„Sie steckt in der Fototasche! Darf ich? Ich zeige euch, wo sie steht."

Der Hausmeister gab Marcos und Alejandro ein Zeichen. Zu dritt eskortierten sie Hans zur Tür, wobei Alejandro sich davor postierte. Ein Entkommen war unmöglich. Hans ging langsam voraus. Dort, wo er seine Fototasche postiert hatte, war sie nicht mehr zu finden.

„Das, das ist nicht, nicht möglich, ich weiß *genau*, ich habe sie *hier* abgestellt, als ich"

„Als du *was*?"

Der Argwohn des Hausmeisters war unüberhörbar.

„Eine Fototasche? Um diese Uhrzeit, bei zwei alten Leuten, am Stadtrand von Madrid? Was sollten die mit *Fotos*? Sie haben bestimmt schon genug Fotoalben. Und wo ist sie, he? Hat die Tasche vielleicht der Wind geholt?"

Wie sollte er ihnen erklären, dass er nochmals zurückgegangen war, um nach seiner Visitenkarte zu suchen? Wie, dass der alte Mann schon tot war, als er eintraf?

„Sie hat mich angerufen, ich sollte sofort kommen", stammelte er, „und als ich kam, lag ihr Mann tot im Nebenraum."

„Wenn ihr Mann tot gewesen wäre, hätte sie ein Bestattungsinstitut angerufen, nicht einen Fotografen ohne Kamera!"

Der Hausmeister brach in hemmungsloses Gelächter aus. Dann strich er sich über den Bauch und bemerkte:

„Das wird die Polizei überzeugen!"

Es klopfte an der Tür. Marcos öffnete und sah Ruben vor sich.

„Ich wollte doch mal nachsehen, ob alles klar ist. Habt ihr die Polizei verständigt?" Alejandro nickte.

„Ist nett von dir. Die kommen bald."

Der Hausmeister neigte seinen schweren Schädel zur Seite.

„War nicht nötig, dass du noch mal hochgekommen bist. Spricht aber für dich. In so einem Haus müssen alle zusammenhalten. Stell dir vor: Er sagte, er wäre für Fotoaufnahmen gekommen. Siehst du hier vielleicht einen Fotoapparat?"

Der Hausmeister lachte hämisch. Ruben sah sich sorgfältig um, dann blickte er Hans an.

„Also, ich sehe keinen."

Ich muss mit Almudena sprechen, schoss es Hans durch den Sinn. Da fiel ihm zu seiner Bestürzung ein, dass sein Handy in der Fototasche stecken musste.

„Ich muss meine Frau anrufen. Sie macht sich bestimmt schon Sorgen. Mein Handy steckte in meiner Fototasche."

„Jetzt reicht es!"

Der Hausmeister schnauzte ihn an.

„Wen du anrufen darfst, wird die Polizei entscheiden. Und hier gibt es keine Fototasche!"

Carlos drehte das Handy um und grinste mit Kennerblick. Das habe ich erst gar nicht gesehen. Ruben vermutlich auch nicht. Es muss, unter Tuch verhüllt, hinter der zweiten Kamera gesteckt haben. Ein edles Gerät. Er grinste noch breiter und schaltete eine weitere Lampe an. Guter Geschmack, damit kann man sich sehen lassen. Mal sehen, ob was drauf ist. Er schaltete es ein und entdeckte eine kleine

Liste von Kontakten. ALMUDENA, las er: Ein schöner Name. Wie er nun sah, hatte sie vergeblich versucht, den Handybesitzer zu erreichen. Er löschte alle Spuren und versteckte das Handy an einem sicheren Ort. Dann holte er die Digitalkamera hervor und bediente die Tasten. Hier hat jemand schon fotografiert! Er traute seinen Augen kaum: Was ist *das*?

Im Display erschien ein ausgestreckt liegender Mann, der wie ein Toter aussah, mit einem Rosenkranz zwischen den Fingern. Um ihn herum waren brennende Kerzen zu sehen. Carlos blätterte weiter. Ihm blieb der Mund offen. Derselbe Tote aus allen möglichen Lagen, immer wieder ER: Ein alter Mann mit merkwürdiger Halskrause. Bald ganz aus der Nähe, bald mit größerem Abstand, von allen Seiten, aus allen Blickwinkeln. Ein Bild war besonders scheußlich. Es zeigte frontal sein Gesicht.

Was tun? Mit solchen gespeicherten Bildern kann ich die Kamera nicht verkaufen, das macht keinen guten Eindruck. *Wer* war dieser Mann, *wer* hat ihn fotografiert? Carlos blätterte weiter und entdeckte, dass sonst keine Fotos zu finden waren. Die Kamera muss noch recht neu sein. Warum war er so auf den toten Alten fixiert? Carlos schüttelte den Kopf. Was mache ich nun mit dir? Er blätterte nochmals vor und zurück. Seltsam. Jetzt, wo du eh schon tot bist, befördere ich dich am besten ins elektronische Nirvana. Er löschte ein Bild nach dem anderen. Kurz bevor er fertig war, klingelte es an seiner Tür. Er schaltete die Kamera aus und ließ sie schnell verschwinden. Dann ging er zur Tür und erkannte durch ein Guckloch einen alten Bekannten.

Kapitel 15: Pepe verzog das Gesicht...

Pepe Labrador Hernández erhöhte das Tempo. Im Rückspiegel sah er Beltran Campillo Sola, einen jungen Polizisten, der ihn zu seiner Sicherheit begleitete. Die Teams von der Gerichtsmedizin und Spurensicherung, sinnierte er, werden nachkommen. Zu ärgerlich aber auch, dass gerade jemand anrufen muss, während ich meine Sportzeitung lese! Schon ein Phänomen, dieser «Asensio». Da nimmt der den Ball gekonnt an, zieht schnell an zwei Gegenspielern vorbei, schaut einmal genau hin und drischt das Leder aus 22 Metern in den Winkel! Ich wollte den Artikel gerade noch zu Ende lesen, als das verdammte Telefon klingelte.

Während er nun schneller fuhr und andere Wagen überholte, zogen Szenerien des nächtlichen Madrid an ihm vorbei. Warum ist der Kollege auf der Rückbank so still: Etwa müde? Wovon denn? Der ist doch erst seit zwei Tagen wieder im Dienst. Als habe dieser seine Gedanken erraten, erhob er die Stimme:

„Um was geht es? Sie sagten zwei Tote in einer Wohnung?"

„Ja. Und so, wie es aussieht, halten drei Männer den Täter in Schach."

„Den Täter?"

„Ein älteres Ehepaar, sagte der Anrufer, wurde ermordet aufgefunden. Wie es scheint, hat der Hausmeister einen Mann – angeblich ein Deutscher – hinter dem Vorhang hervorgezogen. Hat sich Zugang zu der Wohnung verschafft. Kennt man ja: «Hallo, hier ist der Pizzaservice!»

Pepe schüttelte den Kopf und schmunzelte. Dann nahm er einen ernsteren Gesichtsausdruck an. Mord ist schließlich Mord und nicht zum Lachen.

„Und wenn sie gar nichts bestellt hatten?" Dies war nun wieder eine geistreiche Bemerkung «Marke Beltran». Pepe gab unwirsch zurück:

„Was weiß ich, ob sie eine Pizza bestellt haben?! Das hält doch solche Kerle nicht zurück. Es war ja nur ein Beispiel! Notfalls sagen sie, sie hätten sich in der Klingel geirrt und ruckzuck sind die in der Wohnung!"

„*Die*? Aber sie sagten doch, dass es *einer* war."

Der Kommissar verzog das Gesicht.

„Das ist doch nur eine Redensart!"

„Bewaffnet?"

Pepe hielt an einer Ampel an und blickte erneut in den Rückspiegel:

„Nein. Obwohl ich mir da nicht so sicher bin. Manchmal ziehen die ja plötzlich ein Messer oder sonst was hervor."

„Ein Deutscher? Wie kommt der nach Madrid?"

„Noch wissen wir nicht, woher er kommt: Ein *Deutscher*? Glaube ich kaum! Vielleicht kommt er aus irgendeinem anderen Land, hat ein paar Brocken Deutsch improvisiert, um in die Irre zu führen. Wie er nach Madrid kam? Ich nehme an mit dem Auto, dem Zug oder Flugzeug. Zu Fuß wohl kaum!"

Pepe Labrador Hernández nahm eine scharfe Rechtskurve und bog in eine Straße ein, die nur noch ein paar Steinwürfe vom Zielort entfernt lag.

„Vielleicht wohnt er ja auch hier. In Madrid, das habe ich gehört, soll es auch Deutsche geben."

War das jetzt eine spitze Bemerkung, oder war Beltran wirklich so dumm? Pepe entschied sich für die zweite Möglichkeit.

„Ja, sicher gibt es hier Deutsche, sogar viele. Zum Mitschreiben: Die «Deutsche Schule» hat etwa 1.500 Schüler und ungefähr die Hälfte sind Deutsche! Aber das müssen wir natürlich erst klären, ob seine Angaben stimmen."

„Das leuchtet ein. Hoffentlich hat er einen Pass dabei."

Pepe verzog das Gesicht, kniff die Lippen zusammen und fuhr nun etwas langsamer.

„Hast du eigentlich schon mal gehört, dass die Polizei von jedem Spanier und jedem hier legal lebenden Ausländer die Fingerabdrücke hat?! Da sind wir, das ist die Straße: Kannst du die Hausnummern erkennen?"

„Nein, die sind zu weit weg. Ich sehe ja schon aus der Nähe nicht gut."

„Sag mal: *Warum* bist du eigentlich Polizist geworden?!"

Kapitel 16: Das hast du schön arrangiert...

Alfonso drückte seine Tochter an sich.

„Vermutlich trinkt er einen über den Durst. Das musst du verstehen: Sein erster Auftrag. Diese «Alemanes» sollen ganz schön trinkfest sein. Ich sage nur eins: Die «Fiesta de la cerveza!» (*Oktoberfest!*) Wobei ich zugebe: Er hätte dir vorher etwas sagen können. Aber wer weiß, vielleicht ist das in seiner Heimat so üblich: Immer kurz angebunden, und die Erklärung kommt dann später."

Er merkte selbst, dass dies nicht sehr überzeugend klang.

„Wir sind hier aber in *Madrid* und nicht in *München*."

Alfonso tat, als habe er den kritischen Einwand nicht gehört.

„Hast du es nochmals auf seinem Handy versucht?"

Almudena drückte eine Taste, wartete. Sie schüttelte betrübt den Kopf.

„Reagiert nicht, ich verstehe nicht."

Ihr Vater ging auf sie zu.

„Lass mich nachdenken. Jetzt nur nichts überstürzen. Die Sache klärt sich bestimmt bald auf."

„Vielleicht lief etwas schief, und er traut sich nicht, es mir zu sagen. Ist ja nicht einfach für ihn: Ein neues Land, eine neue Sprache, eine Millionenstadt. Vielleicht kam er nicht rechtzeitig hin und" – sie begann zu schluchzen – „oh, ich hätte mit ihm gehen müssen! Wenn ihm etwas passiert ist, verzeihe ich mir das nie!"

Alfonso fürchtete, dass sie nun einen ihrer hysterischen Anfälle bekommen könne. Was tun? Ihr eine Ohrfeige verpassen? Bei manchen wirkte das in so einem Fall Wunder, aber bei der eigenen Tochter schied diese Option aus. Einen Cognac anbieten? Auch irgendwie unpassend. Ich kann ja jetzt schlecht alle Kneipen von Madrid anrufen, ob sie irgendwo einen Deutschen gesichtet haben, der am Bierglas hängt. Nein, nein, das wäre lächerlich. Alle Kneipen persönlich absuchen geht auch nicht. Da hätte ich wochenlang zu tun. War der Auftrag am Ende nur vorgetäuscht, hat er heimlich seine Koffer gepackt und ist wieder zurück nach Deutschland? Nein, glaube ich nicht. So schnell gibt so ein Teutone nicht auf. Vielleicht sollte ich meinen alten Schulfreund anrufen? Vielleicht hat er eine Idee.

„Ich rufe Miguel an. Setz dich doch so lange, Almudena, und ruhe dich etwas aus."

Alfonso kannte Miguels Nummer besser als seine eigene. Seit Jahren telefonierten sie regelmäßig.

„Hallo Miguel, ich bin's."

Alfonso fiel gleich mit der Tür ins Haus, erzählte ihm vom ersten Auftrag seines Schwiegersohnes, von dem dieser immer noch nicht zurückgekehrt war. Er malte die Aufregung seiner Tochter mit lebhaften Farben.

„Kannst du dir das vorstellen? Sein Handy ist abgeschaltet!"

Kaum hatte er es gesagt, biss er sich schon auf die Lippen. Im Hintergrund hörte er seine Tochter:

„Ich hätte ihn begleiten müssen! Wozu bin ich seine Frau?"

„Hörst du das?" flüsterte Alfonso.

„Ja, ich höre sie. Was willst du tun? Die Polizei informieren?"

„Das scheint mir zu früh. Zu dumm, dass du nicht mehr da bist. Sonst hätten wir beide uns auf die Suche nach ihm gemacht."

Miguel, mit seinem Realitätssinn eines bodenständigen Menschen, bemerkte trocken:

„Auf die Suche nach ihm? Dafür ist eure Stadt viel zu groß. Bei uns, im nächsten Weiler, ja, das ginge. Aber: Madrid? Der wird irgendwo in einer Kneipe versumpft sein. Ich sag's ja: All diese Leute, die so ins Künstlerische gehen. Der sollte wirklich mal ein Praktikum bei mir machen: Morgens, vor dem ersten Hahnenschrei, aufstehen und danach ab in den Stall, Kühe melken. Das hat schon viele kuriert. Wenn du mich fragst, der kreuzt bald angetrunken auf."

Ruben erspähte, wie sich ein Polizeiwagen dem Haus näherte. Er verließ sofort sein Zimmer, eilte zur Haupteingangstür und öffnete. Autotüren flogen zu, Geräusch von Schritten. Pepe Labrador Hernández und Beltran Campillo Sola näherten sich mit respektheischender Würde.

„Gut, dass Sie kommen. Ich dachte, ich mache Ihnen auf, da man hier bei Dunkelheit kaum die richtige Klingel findet."

„Das ist sehr aufmerksam", quittierte Pepe Labrador Hernández. Zu Beltran gewandt, legte er nach:

„Daran könntest du dir ein Beispiel nehmen: Immer mitdenken!"

Beltran wollte protestieren, fand aber nicht die richtigen Worte. So folgte er seinem Vorgesetzten in den Flur.

„Wir haben ihn in Schach gehalten", bemerkte Ruben, „die anderen sind noch oben. Der Hausmeister meinte, ich könnte gehen, drei Mann wären genug. Der hat die Lage im Griff."

Pepe lachte aus vollem Halse.

„Ich sag's ja, diese Hausmeister!"

Dann stutzte er, da ihm schien, dass sein Kommentar vielleicht nicht auf Anhieb nachvollziehbar war. Er räusperte sich und streckte Ruben eine breite, raue Hand hin.

„Danke für Ihren Einsatz. Ohne Leute wie Sie, die beherzt einschreiten, auch wenn Gefahr droht"

Er verlor den Faden, Beltran schritt ein: „könnten wir nicht so viele Fälle aufklären." Pepe verzog das Gesicht und brummte:

„Trottel! Natürlich würden wir sie aufklären, es würde nur etwas länger dauern!"

„Das meinte ich", erwiderte Beltran. „Komm, lass uns nach oben gehen."

„Soll ich mitkommen, für alle Fälle?" fragte Ruben. Pepe schüttelte resolut den Kopf.

„Das ehrt Sie, dass Sie ihr Fell riskieren wollen, wenn ich mich so ausdrücken darf, denn schließlich" – er machte es spannend – „wissen wir nicht, ob der Bursche nicht doch bewaffnet ist! Wäre ja nicht das erste Mal: Da mimt einer das wehrlose Unschuldslamm, und ehe du dich versiehst, zieht er blitzartig eine scharfe Klinge hervor, die hinter seinem Gürtel versteckt war."

Er legte Ruben gönnerhaft eine Hand auf die Schulter.

„Sie haben Ihr Soll mehr als erfüllt! Machen Sie sich noch einen schönen Abend, wir erledigen den Rest."

„Wie Sie meinen, Herr Kommissar" gab Ruben scheinbar ehrerbietig zurück. Er schickte noch hinterher:

„Gut, dass Sie so schnell gekommen sind. Kommen Sie heil nach Hause!"

Dann verschwand er in seine Wohnung, schloss hinter sich ab, ging in das angrenzende Zimmer und schloss auch hier die Tür hinter sich. Als er sicher war, dass die beiden außer Hörweite waren, überließ er sich einem Lachanfall, der ihn außerordentlich entspannte.

Pepe ergriff seine Dienstwaffe und bewegte seinen Arm nach hinten, so dass sie von vorn nicht zu sehen war. Dann legte er einen Finger auf die Lippen und ging langsam voran. Beltran suchte vergeblich nach dem Lichtschalter. Ah, da ist er! Er drückte ihn und wunderte sich, wie schrill die Klingel klang. Eine Tür wurde geöffnet, eine Frau in Lockenwicklern stand vor ihm. Als sie einen Polizisten entdeckte, fing sie an zu schreien. Beltran stürmte nach vorn, die Frau schrie noch mehr.

„Antonio, schnell, ein Polizist! Oder es ist ein Eindringling, der sich so verkleidet hat." Pepe eilte hinzu, zeigte seine Dienstplakette und erteilte Beltran einen Rüffel.

„Ja, wohin wollen Sie denn dann?" fragte die Frau, von Neugier erfasst. „Dienstgeheimnis", und schon waren die beiden wieder auf dem Weg nach oben.

„Jetzt brauche ich nur noch zu wissen, zu welcher Wohnung Sie gehen. Antonio, kannst du ihnen mal unauffällig folgen?"

Hans verlor zusehends die Nerven. Wenn ich nur mit Almudena sprechen könnte. In seinem notdürftigen Spanisch versuchte er, den Männern beizubringen, dass er in Madrid wohne, mit Almudena, einer Spanierin verheiratet sei und ein Fotostudio betreibe.

„So, so" warf der Hausmeister ein, „und Ihr Name? Wie heißen Sie denn, he?"

Der Argwohn stand ihm ins Gesicht geschrieben. Sicher kam jetzt ein erfundener Name, den die Polizei bald als falsch entlarven würde.

„Hans Schauder."

„Schauder? Nie gehört!"

Der Hausmeister bemühte sich vergeblich, die Aussprache zu imitieren.

„Dann zeigen Sie mal Ihren Ausweis."

Hans fuhr mit einer Hand in die Sakkotasche, in der er normalerweise Geldbeutel und Ausweis aufbewahrte und erschrak. Er hatte in der ganzen Aufregung um den ersten Kunden doch glatt vergessen, seinen Ausweis – «Numero de Identificación de Extranjero» – samt Reisepass einzustecken.

„Dachte ich es mir doch!" triumphierte der Hausmeister, während Pepe und Beltran die Wohnung betraten.

„Hier müsste auch mal gelüftet werden" bemerkte Beltran, noch bevor er den ersten Leichnam zu Gesicht bekam. Wieder war ein Moment gekommen, in dem Pepe diesem Beltran am liebsten eine Umschulung ans Herz gelegt hätte. Aber zu welchem Beruf? Er konnte sich ihn ja noch nicht einmal als Aushilfskellner vorstellen. Er seufzte auf, wandte sich ab und folgte Alejandro, der ihn zu den beiden Toten führte. Pepe Labrador Hernández setzte nun eine Miene auf, die seinem Dienstrang angemessen war. Daraufhin sagte er mit bestimmendem Ton zum Hausmeister:

„Danke, dass Sie eingeschritten sind. Sie können gehen und sich unten in ihrer Wohnung bereithalten. Es ist möglich, dass wir später auf Sie zukommen und Ihnen ein paar Fragen stellen."

Der Hausmeister war düpiert, dass ausgerechnet *er* gehen sollte. Warum verabschiedete er stattdessen nicht Marcos und Alejandro? Er zog ein leicht beleidigtes Gesicht und verließ die Wohnung.

„Vaya, vaya", brummelte der Kommissar im Anblick der Toten. Dann wandte er sich energisch ab und knöpfte sich den Eindringling vor. Er drückte sein Kreuz durch und legte seinen Kopf in leichter Schräglage zurück, um mit dieser Pose seinen Worten mehr Gewicht zu verleihen:

„Das hast du schön arrangiert, wie? Den armen alten Mann auch noch aufgebettet, ihm eine Halskrause verpasst, einen Rosenkranz zwischen die Hände geschoben und eine Reihe von Kerzen postiert. Und wozu? Hast du vielleicht einen Hang zu solchen Inszenierungen? Solche Halskrausen sind bei uns seit

Jahrhunderten nicht mehr üblich! Kaum habt ihr Touristen einmal im Museum Bilder von «Velazquez» gesehen, glaubt ihr, wir laufen immer noch so durch die Landschaft wie ein Adeliger im goldenen Zeitalter. Aber auf *so* eine Idee muss man erst einmal kommen!"

Dies leuchtete nun auch Beltran ein.

„Ich wäre nicht darauf gekommen, Chef."

Pepe schloss aus Verzweiflung die Augen. Halblaut sagte er:

„Das hätte ich dir auch gar nicht zugetraut. Rede, wenn du gefragt wirst, Beltran!"

Er nahm seinen Faden wieder auf.

„Und die arme alte Frau: Striemen am Hals! Das ist mir sofort aufgefallen."

„Ich" stammelte Hans beinahe atemlos, „ich werde alles erklären, ich heiße Hans Schauder, bin Deutscher, mit Almudena verheiratet, habe ein Fotostudio eröffnet. Deshalb bin ich hier, Frau Bonilla rief an, ich solle *sofort* kommen, es sei ein besonderer Anlass und"

„So?!" fiel Pepe misstrauisch ein, „dann rufen wir deine Almudena doch einfach mal an."

Er war selbst überrascht von der Idee, die reichlich unorthodox war und vom Einfallsreichtum seines Ermittlerinstinktes zeugte. Sicher war der Täter nun verblüfft und würde sich vielleicht gleich verraten.

„Geben Sie mir Ihr Handy, rufen wir Sie an! Sie wird sich bestimmt freuen. Vielleicht will sie sich gleich dazugesellen."

„Mein Handy" stammelte Hans verzweifelt, „muss in meiner Fototasche sein, die ist weg, ich hatte sie vorn am Ausgang postiert und"

„Ach", höhnte Pepe, „die Fototasche ist weg! Sieh mal einer an! Zu dumm aber auch und mit ihm der Fotoapparat für den besonderen Anlass. Ha! Wer soll sie denn weggenommen haben? Vielleicht die jungen Männer, die dich hier oben, unter Einsatz von Leib und Leben, gestellt haben? Sie mussten damit rechnen, dass du bewaffnet bist und haben das Risiko dennoch nicht gescheut. Obgleich ich sagen muss, dass wir immer dazu raten, nichts auf eigene Faust zu unternehmen, die Arbeit *uns* zu überlassen! Am Ende bist du doch noch bewaffnet, he? Beltran, durchsuche ihn!"

Der junge Mann, der ihm eigentlich eine Stütze sein sollte, preschte nach vorn und durchsuchte Hans nach allen Regeln der Kunst. Obwohl man bei ihm, strenggenommen, nicht wirklich von *Kunst* sprechen konnte. Er langte in etwa zu, wie ein Marktmann, der Obst durchwühlt, um Fallobst auszusondern.

„Fehlanzeige! Aber die Waffe könnte er natürlich auch unters Bett geschoben oder aus dem Fenster geworfen haben."

Ganz schön scharfsinnig, dachte Pepe.

„So, dann gib mir ihre Nummer. Wir werden sehen, ob sie existiert."

Hans war so aufgeregt, dass er die Nummer durcheinanderbrachte. Ich habe sie ja auf Kurzwahl gespeichert und außerdem, wenn die Polizei bei ihr anruft, wird sie durchdrehen, sie wird doch so schnell nervös.

„Ich kann mich nicht mehr an ihre Nummer erinnern, ich"

Pepe schnitt ihm das Wort ab.

„Originell, die Ausrede. Kommen Sie, begleiten Sie uns auf das Revier. Sicher interessant, das mal von innen zu sehen. Auch wenn ich zugeben muss, dass unsere spärlich bebilderten Räume mit dem «Museo del Prado» nicht mithalten können."

„Ich bin kein Tourist! Ich habe ein Fotostudio, bin hier gemeldet und verheiratet."

Da fiel ihm etwas ein.

„Die Nummer von meinem Schwiegervater, *die* weiß ich auswendig!"

Beltran lachte laut auf.

„Die Nummer von seiner Frau kennt er nicht, aber die vom Schwiegervater. Diese Ehe muss glücklich sein!"

Pepe zischte ihn an und runzelte die Stirn.

„Er wohnt in Madrid? Also gut, rufen wir ihn an."

„Lassen Sie mich dann auch mit ihm sprechen, bitte."

Pepe ließ sich die Nummer geben.

Almudena lief in ihrer Wohnung unruhig auf und ab. Ihr gegenüber, in einem schweren Samtsessel, saß Alfonso, ihr Vater. Zwischen seinen Fingern steckte eine Zigarre. Er nahm einen Zug und stieß Rauch aus. Da klingelte plötzlich sein Mobiltelefon. Er sah auf, legte die Zigarre zur Seite, fischte sein Handy aus der Tasche und meldete sich.

„Hier spricht Kommissar Pepe Labrador Hernández."

Alfonso wurde hellhörig. Er setzte sich aufrecht. Almudena eilte hinzu und biss sich auf die Fingernägel.

„Hier steht ein junger Mann vor mir, der behauptet, sie zu kennen."

„Ein junger Mann?"

„Sie sagen es."

„Wie sieht er aus?"

Der Kommissar gab eine treffende Beschreibung.

„Das ist er, der Mann meiner Tochter, mein Schwiegersohn! Sein Name ist Hans Schauder."

„Sie kennen ihn also?"

„Wie sollte ich meinen Schwiegersohn nicht kennen?"

„Also ist er mit ihrer Tochter verheiratet?"

„Mit *wem* sonst?! Sollte er bereits verheiratet sein, bekommt er eine Tracht Prügel! Darauf können Sie sich verlassen."

„Nein, nein, ich frage ja nur."

„Was ist los? Ist was passiert? Sie sagten, er steht vor Ihnen. Wenn er steht, ist er nicht verletzt."

Almudena begann nun in eine langanhaltende Klage auszubrechen.

„Verletzt? Um Himmels Willen. Virgen del Rocío, ayudanos por favor!"

„Wer schreit da im Hintergrund?"

„Almudena, er ist nicht verletzt! Hören Sie? Herr Kommissar, was ist passiert?"

„Ihr Schwiegersohn steht in dringendem Tatverdacht. In meiner Nähe liegt ein älteres Ehepaar, beide tot. Ihr Schwiegersohn wurde in der Wohnung entdeckt."

Alfonso brachte keinen Ton mehr heraus. Das konnte nicht, unmöglich, das durfte nicht wahr sein, niemals. Almudena wurde wieder hysterisch:

„Warum bist du auf einmal so bleich, warum sagst du nichts? Ich wusste es, es ist etwas passiert! Ich verspreche es, ich werde auf Wallfahrt gehen, jedes Jahr, wenn Hans nur"

Alfonso überlegte für einen Moment, ob er ihr – als Notfallmaßnahme – ein Glas Cognac ins Gesicht kippen sollte. Bei einem Schockzustand sollte dies angeblich Wunder wirken.

„Dein Mann lebt, beruhige dich."

„Lass mich mit ihm sprechen!"

Sie entriss ihm den Hörer.

„Ich bin Almudena, seine Frau. Hat er einen Unfall gehabt? Mein Vater sagt, er ist nicht verletzt. Sagen Sie, dass das stimmt. Wer sind Sie überhaupt? Der Mann seiner Kundin?"

„Ich bin Kommissar *Pepe Labrador Hernández*. Ihr Mann wurde in der Wohnung eines älteren Ehepaares entdeckt. Es tut mir leid, dass ich sie mit der Wahrheit konfrontieren muss: Er steht in dringendem Tatverdacht, die beiden sind tot."

Almudena schrie auf, sank in sich zusammen und begann zu wimmern. Alfonso konnte sie gerade noch auffangen.

„Hallo?"

Alfonso legte Almudena auf die Couch. Dann schnappte er sich wieder den Hörer.

„Mein Schwiegersohn hatte einen Auftrag, er sollte zu einer Kundin kommen, gegen gutes Honorar. Das hat mir Almudena erzählt. Angeblich ein besonderer Anlass."

„Einen Auftrag? Als was denn?"

„Als Fotograf natürlich."

„Ach! Ein Fotograf ohne Kamera?"

„Wie, ohne Kamera? Er hat mehrere. Die müssen sie doch gesehen haben!"

„Fehlanzeige. Vielleicht haben die Mordopfer eine gehabt, die irgendwo in einem Schrank steckt. Ihr Schwiegersohn hatte jedenfalls keine dabei."

„Ich verstehe nicht."

„Ich auch nicht. Wir bringen Ihren Schwiegersohn jetzt auf das Kommissariat zum Verhör. Kümmern Sie sich jetzt erst einmal um Ihre Tochter."

Pepe Labrador Hernández legte auf.

Kapitel 17: Hören Sie, Herr Kommissar…

Carlos betrat die Wohnung eines alten Kumpels, der von allen nur *Diego* genannt wurde. Er trug einen großen Handwerkerkasten mit sich herum, in dem die Kameras und das Handy gut verstaut waren. Den Koffer, in dem die Apparate bisher steckten, hatte er unterwegs in einem Container entsorgt. Diego empfing ihn mit einladender Gestik und schloss die Tür hinter ihm.

„Da ist ja endlich der Handwerker. Meine Rohrleitung müsste dringend überprüft werden. Ich hoffe, Sie haben Ihr Werkzeug dabei?"

Carlos und Diego klopften sich gegenseitig auf die Schultern und lachten nach Herzenslust.

„Dem Manne kann geholfen werden. Ich sehe mir die Rohrleitung gleich mal an. Zunächst aber möchte ich dem Herrn meine Werkzeuge zeigen."

Diego trat näher und lud Carlos ein, auf der Couch Platz zu nehmen. Im Hintergrund lief Musik. Er stellte leiser und kam wieder zurück.

„Was haben wir denn da? Sehr schön. Und die willst du loswerden? Ich erinnere mich dumpf, dass du noch Schulden bei mir hast."
„Ja, ich auch. Und da dachte ich mir"

Er erhob seine Hände und signalisierte mit den Fingern seinen Preisvorschlag.

„Darüber lässt sich reden. Wenn du noch einen Finger wegziehst, sind wir einig. Bar auf die Kralle."

Carlos zog einen Finger zurück. Diego ging zum Wohnzimmerschrank, öffnete ihn und griff in eine Teekanne, in der ein ganzer Stapel Scheine steckte.

„Hier, zähl nach. Rechnen war noch nie meine Stärke. Und tu das Geld brav aufs Sparbuch."

Wieder hörte man eine Lachsalve.

„Wo hast du die eigentlich her?"
„Aus dem Besitz eines Nachlassverwalters."
Diego klopfte sich auf die Schenkel. „Ha-ha-ha, das klingt gut. Ich sehe, du machst Fortschritte."

Ruben schlenderte durch den Retiro-Park. Er sah flüchtig zu kleinen Tischen, hinter denen Hand- und Kartenleser auf Kundschaft hofften und passierte einen Puppenspieler, der ganz in sein Spiel versunken war. Dann näherte er sich dem Brunnen mit der berühmten Statue des «Gefallenen Engels». Dabei wich er Rollschuhfahrern aus, die Hindernisse zum Slalomlauf aufbauten, erspähte eine freie Bank und setzte sich. Dann holte er sein Handy aus der Innentasche seiner Jacke hervor. Die Nummer eines seiner vielen Kontakte kannte er auswendig. Aus wohlüberlegten Gründen hatte er darauf verzichtet, sie auf seinem Mobiltelefon mit Namen und gespeicherter Nummer anzulegen. Er dachte nach. Wie tische ich ihm das auf? Er kannte Luis, Reporter einer in Madrid erscheinenden Zeitung, schon seit vielen Jahren. So wusste er auch, wie dieser immer froh über einen Hinweis war, der zu einer guten Story führen konnte und wie gut dies zuweilen honoriert wurde. Er sammelte seine Gedanken.

„Hola, Luis, qué tal? Wie geht's?"

„Ah, du bist es, Ruben. Dein Anruf kommt gerade recht. Ich mache eine kleine kreative Pause. Neuigkeiten?"

„Ich habe eine interessante Geschichte für dich. Allerdings müsstest du mir über die Quelle absolute Vertraulichkeit zusichern!"

„Habe ich dich da jemals enttäuscht?"

„Nein, natürlich nicht."

Luis wurde hellwach. Bei dem großen Konkurrenzkampf unter den Zeitungen und Rivalitäten unter einzelnen Reportern war er stets dafür aufgeschlossen und dankbar, wenn ihn jemand aus erster Hand mit Fakten und Themen versorgte, die sich journalistisch gut verwerten ließen. Schließlich erwartete auch sein Chef, der alte Hypochonder, dass er Nachschub in Form von Reportagen lieferte, die Leser anzogen und die man auch mal «auf Seite 1» setzen konnte.

„Dasselbe Honorar wie letztes Mal?"

„Wenn ich die Story brauchen kann, einverstanden. Erzähl mal."

Luis rückte seine Brille zurecht und presste den Hörer näher ans Ohr. Ruben erzählte ihm von der Polizeiaktion um einen deutschen Fotografen, der in einer Wohnung in Madrid entdeckt wurde, in dem zwei Tote lagen. Er gab Luis die genaue Adresse durch, nannte ihm Details über die Kommissare und vergaß auch nicht, den Hausmeister und seine Helfer zu schildern.

„Seltsam an dem Fall ist auch, dass der Fotograf – der angeblich zu einem Fototermin bestellt worden war – keine Kamera dabeihatte. Zudem soll die Frau angeblich nach seinem Eintreffen gestorben sein, und der Mann soll vorher schon tot gewesen sein."

„Vaya, vaya," murmelte Luis „die Infos sind sicher?"

„Todsicher. Ich wohne in dem Haus."
„Ach." Luis dachte kurz nach.

„Hey, das ist interessant: Ein deutscher Fotograf in Madrid, will sich bei uns eine Existenz aufbauen, ein Fototermin – ob wahr oder erfunden – und er, so behauptet er, findet einen toten Mann vor. Die Frau stirbt in seiner Anwesenheit. In Panik geraten, verbirgt er sich. Sagt er zumindest, wenn ich dich richtig verstanden habe. Oder lief am Ende alles ganz anders ab? Der Kommissar nimmt ihn gleich mit, Vorurteile gegen Ausländer und dazu noch gegenüber einem Deutschen, wo die doch sonst angesehen sind! Da lässt sich was draus machen. Hat er vielleicht etwas gegen Deutsche und – falls ja – warum? Irgendeine dunkle Geschichte aus seiner Vergangenheit? Hast du Namen für mich?"

Ruben packte alles aus, was er wusste. Er konnte sogar die Nummer des Polizeifahrzeuges liefern, hatte er sich diese doch gleich notiert, nachdem die Polizisten nach oben gegangen waren. Er schilderte Luis auch noch den merkwürdigen Geruch in der Wohnung der Bonillas. Luis wippte mit dem Bleistift. „Wird der Deutsche jetzt verhört? In welchem Kommissariat sagtest du? Die Story nehme ich! Kannst du das Wichtigste nochmals wiederholen?"

Als das Telefon erneut klingelte, war Almudenas Vater gerade in der Küche und suchte das Buch «Alte Hausmittel». Noch bevor er zurückkehren konnte, hörte er die Stimme seiner Tochter:

„Hören Sie, Herr Kommissar, ich bin es, Almudena. Sie *müssen* ihn freilassen, ich *schwöre* es, er musste zu einer Kundin, sein erster Auftrag, er ist unschuldig, er hat ein Fotostudio, ich *kann* es beweisen."

Miguel unterbrach sie:

„Almudena, ich bin es! Miguel, der alte Schulfreund von Alfonso. Um Himmels Willen, was erzählst du da? Unschuldig? Kommissar? Was ist passiert?"

Ihr Vater nahm ihr den Hörer ab.

„Hallo, Miguel."

Er schilderte sein Gespräch mit dem Kommissar. Bei dem Wort «Kommissariat» fuhr Almudena sich mit beiden Händen in die Haare.

„Ich muss zu ihm! Leg auf! Er versteht doch noch nicht so gut Spanisch, wenn sie schnell reden, kommt er nicht mit. Es muss sich alles aufklären, ein schrecklicher Irrtum."

Miguel, der Almudena recht gut gehört hatte, sagte:

„Alfonso, hast du Riechsalz im Haus? Halt ihr das unter die Nase. Das wirkt! Kennst du die Adresse des Kommissariats? Vielleicht solltet ihr anrufen, um zu erfahren, wann ihr kommen könnt."

„Gute Idee, das mache ich. Bring mir doch bitte eine Packung Riechsalz mit, wenn du wieder zu Besuch kommst."

Kapitel 18: Ich bin nicht tot, flüsterte sie...

Gerichtsmediziner Dr. Perrera Martinez warf einen Blick auf die beiden Toten. Ein fürchterlicher Geruch hier! Er riss ein Fenster auf. Während einer seiner Kollegen letzte Fotos von den Toten und ihrem Fundort schoss, gab er seinen in weißen Kitteln steckenden Leuten, die auch weiße Handschuhe trugen, Anweisungen:

„Bringt die beiden nach unten, dann in die Gerichtsmedizin. Die muss ich mir in Ruhe genauer ansehen."

Seine Mitarbeiter machten sich ans Werk. Sie hoben Herrn Bonilla vorsichtig hoch und nahmen ein Manöver vor, das sie unter sich «die Umbettung» nannten. Dann kam Frau Bonilla an die Reihe. Seltsam, dachte der Gerichtsmediziner, diese Halskrause. Er schüttelte den Kopf. Was hat das zu bedeuten? Trug Herr Bonilla diese ständig und wenn ja, warum? So etwas sah man doch sonst nur noch im Museum auf Bildern alter Meister oder in historischen Filmen. Bei Frau Bonilla ergab sich ihm gleich ein Verdacht auf Tod infolge von Herzinfarkt, vermutlich durch übertriebene Einnahme zahlreicher Tabletten mit verursacht, aber das musste er natürlich erst genau unter die Lupe nehmen. Sicher, die Striemen am Hals von Frau Bonilla waren ihm auch nicht entgangen. Sie waren aber sicher älteren Datums und nicht die Todesursache. Ob er sie früher gewürgt hat? Einmal? Vermutlich öfter. Und Herr Bonilla, wer hatte ihn so grotesk aufgebahrt und wozu?

Mittlerweile war ein Richter vor Ort erschienen und hatte seine Erlaubnis zum Abtransport der Leichen gegeben. Zuerst kam die Reihe an die sterblichen Überreste von Herrn Bonilla. Als sie die Wohnungstür passierten – aus der nach Ankunft der Polizei eine Dame mit Lockenwicklern hervorgetreten war – öffnete sich deren Tür einen Spalt weit und gab ihr genügend freie Sicht. Als sie Leute in weißen Kitteln erspähte, die offensichtlich einen gut verhüllten Leichnam die Treppen hinab zum Ausgang trugen, rief sie lautstark ihren Mann herbei.

„Hier, sieh dir das an! Sie tragen einen Toten aus dem Haus! Das kann nur Herr oder
Frau Bonilla sein: Wie furchtbar!"

Sie wagte sich hervor und zupfte einen der
Männer am Ärmel.

„Was ist hier los?! Ich wohne hier seit 30
Jahren! Wir haben ein Anrecht zu wissen, was
in diesem Haus passiert! Warum informiert
man uns nicht?! War es ein Verbrechen? Reden Sie schon!" Dem Mann gelang es mit Mühe und Not sie abzuschütteln.

„Lesen Sie Zeitung, dann werden Sie es erfahren, und jetzt lassen Sie mich in Ruhe!"

Auf der Fahrt zum Kommissariat sprach
Hans kein Wort. Er war müde, furchtbar müde. Ihm war, als fiele jetzt die ganze Anspannung von ihm ab und wiche dem Gefühl einer
starken Betäubung. Während er aus dem Fenster schaute, fragte er sich immer wieder, ob er
sich nur einbilde, Protagonist der erlebten
Handlung zu sein. Beltran hingegen weilte in
Gedanken beim nächsten Heimspiel von Real
Madrid. Hoffentlich zaubern sie wieder, und
mein Club schickt die Gäste mit einer ordentli-
chen Packung nach Hause. Ich tippe mal auf

Tore durch Casemiro, Hazard und Isco. Beltran war stolzer Besitzer einer Dauerkarte, die er sich vom Mund absparen musste. Aber wenn «Die Königlichen» aufliefen und einen Gegner vorführten, dass es eine Augenweide war, kam es ihm zuweilen fast so vor, als gehöre er selbst zu einer Art königlichem Hofstaat, als sei er Teil einer gehobenen Gesellschaft, die im Vergleich zu mittellos-biederen Provinzteams fast überirdisch war. REAL MADRID…Pepe nahm eine scharfe Linkskurve und riss Beltran aus seinen Gedanken.

Alfonso und Almudena wollten gerade aufbrechen, als das Telefon schon wieder klingelte. Sie erkannte die Stimme ihres Schwiegervaters. In seinem elementaren Spanisch grauenhafter Aussprache, fragte er nach dem Befinden seines Sohnes und schloss mit: „Todo bien?" Alfonso, der befürchtete, seine Tochter könne nun zu viel verraten oder wieder einen Anfall bekommen, nahm ihr den Hörer ab.

„Soy Alfonso, gracias por tu llamada, todo muy bien! Wir treffen uns bald."

Am anderen Ende der Leitung vernahm man Genugtuung.

„Und sein Foto-Geschäft?"

Alfonso räusperte sich.

„Das braucht natürlich seine Zeit. Er war gerade bei einem Kunden."

„Das muss gefeiert werden!"

„Ja, so sehen wir das auch. Deswegen müssen wir jetzt los. Ich richte die Grüße aus. Gute Nacht."

Im Kommissariat angekommen, wurde Hans in einen Warteraum verfrachtet. Kommissar Pepe Labrador Hernández blickte auf die große Uhr an der Wand seines Büros. Für eine Vernehmung war es zu spät. Außerdem wurde er gleich abgelöst und durfte endlich nach Hause. Er drückte auf eine Taste:

„Ich bin's, Pepe. Hör mal, Iker, wir haben hier einen Deutschen, der morgen vernommen wird. Seht zu, dass er seine Koje bekommt. Ich rufe noch kurz seine Leute an. Gleich kommt Sergio und löst mich ab. Wenn er nicht pünktlich ist, hinterlasse ich ihm eine entsprechende Info. Dann verschwinde ich nach Hause."

„Alles klar. Wir bringen ihn zu seinem Nachtquartier. Ich hoffe, er schlägt nicht um sich?"

„Nein, nein, der ist eher verschreckt. Wurde in einer Wohnung entdeckt, in dieser ein altes Ehepaar, beide tot. Wer sich da keinen Reim machen kann."

„Einen Deutschen, sagtest du?"

„Ja, hat mich auch gewundert. In einem solchen Fall hätte ich – und das soll jetzt kein Vorurteil sein – eher jemand aus anderen Ländern, du weißt, was ich meine – erwartet. Er spricht und versteht ein wenig Spanisch, sagt, er wohnt in Madrid. Einen Ausweis hatte er nicht dabei. Ich sprach vorher mit einem Mann, der behauptet, sein Schwiegervater zu sein. Im Hintergrund schrie jemand, angeblich seine Frau."

„Angeblich?"

„Du, ein anderes Mal. Mir reicht es für heute, bin müde, nicht mehr ganz hell im Kopf, habe schlecht geschlafen, letzte Nacht. Also, kümmere dich um ihn. Er ist im «Wartezimmer»."

„Alles klar. Schönen Abend noch."

Er kramte die Nummer von Alfonso hervor und fuhr mit seinem Finger über die Tasten.

„Hier Kommissar Pepe Labrador Hernández. Der junge Mann, der behauptet, ihr Schwiegersohn zu sein"

Alfonso fiel ihm ins Wort:

„Was heißt hier *behauptet*? Er ist rechtmäßig mit meiner Tochter verheiratet. Ich selbst war Zeuge. Meinen Sie, ich hätte es nicht gemerkt, wenn er ein Heiratsschwindler ist?"

Hatte Alfonso zunächst noch versucht, den Hörer zur Seite zu drehen und leiser zu sprechen, so war er gegen Ende hin unwillkürlich laut geworden.

„Ein Heiratsschwindler?"

Almudena, die hinzugekommen war und das Ende des Satzes gerade noch mitbekam, schrie hell auf.

„Sag, dass das nicht wahr ist?! Er war vorher nicht verheiratet und ist es mit mir allein!" Alfonso hielt den Hörer weg und wendete sich ihr zu.

„Nein, natürlich ist es nicht wahr. Deswegen habe ich ihm ja gerade Saures gegeben."

„Wie bitte?!"

Pepe, der alles mitgehört hatte, schnauzte ihn an.

„Saures können Sie geben, wem Sie wollen, von mir aus auch diesem Hans Schauder, aber nicht *mir*! Ich bin Kommissar! Ist das klar?!"

„Klar wie der helllichte Tag. Das war nur eine Redewendung. Wann können wir ihn sehen?"

„Morgen früh folgt die Vernehmung. Sie können gegen 11.00 Uhr anrufen und einen Termin ausmachen. Ich gebe Ihnen die Nummer."

In derselben Nacht hatte Hans Albträume: Ein Mann in weißer Kluft erschien ihm:

«Meine Frau kommt gleich», raunte er. Dann tauchte Frau Bonilla auf und schob sich hastig eine Perücke über ihren kahlen Kopf. «Ich bin nicht tot», flüsterte sie, «ich komme morgen zu deiner Vernehmung und werde ihnen sagen, dass ich das Honorar vergessen habe. Vergiss nicht, die Bilder an meine Verwandtschaft zu schicken, sonst komme ich wieder: Jede Nacht.»

Ihr Bild löste sich auf und Alfonso stand vor ihm:

«Eine einzige Kundin? Und sie hat noch gar nicht gezahlt, noch gar nicht gezahlt, nicht gezahlt?»

Seine Worte verhallten in sich ausbreitenden Wellen. Hans wachte schlagartig auf und brauchte einige Zeit, bis er wieder voll zu sich kam.

Kapitel 19: Herzversagen, schön und gut...

Gerichtsmediziner Dr. José Perrera Martinez wusch sich die Hände. Diese Frau Bonilla, so viel stand für ihn jetzt schon fest, war an akutem Herzversagen gestorben.

Es hatte eine Weile gedauert, bis er den sie früher behandelnden Arzt an der Strippe hatte. Eine angeborene Herzschwäche, zwei schwere Infarkte, sich über Jahrzehnte hinziehende Versuche ihres Arztes, ihr stark angegriffenes Zentralorgan zu stabilisieren. Dazu übermäßiger Genuss von Likören und anderen stark alkoholhaltigen Getränken, Tablettenmissbrauch. Vor seinem geistigen Auge sah er die Gesichter der beiden Toten. Tote lächeln nicht, dachte er im Hinblick auf ihren Gesichtsausdruck. Er gab den Befund seiner Untersuchung an Kommissar Pepe Labrador Hernández weiter, der hiervon überhaupt nicht erbaut war:

„Herzversagen, schön und gut. Aber kann es nicht sein, dass jemand einen entsprechenden Anfall bei ihr ausgelöst hat? Sie entdeckt einen Einbrecher, wird bedroht, erschrickt fürchterlich, die Aufregung und ihr Herz"

„Theoretisch wäre das denkbar, ist in diesem Fall aber auszuschließen. Die Tür wurde, nach Angaben der Spurensicherung, auch nicht aufgebrochen. Sie hat ihm freiwillig geöffnet. Ein Nachschlüssel wurde auch nicht bei ihm gefunden." Der Kommissar grübelte.

„Er kann sich unter einem Vorwand Zutritt verschafft haben. Wäre ja nicht das erste Mal. Diesen Leuten fällt immer etwas ein. Und wenn sie behaupten, sie hätten ein Paket für den Nachbarn. Und Herr Bonilla?"

„Ein Paket für den Nachbarn, um diese Uhrzeit? Was Herrn Bonilla betrifft: Soweit bin ich noch nicht. Ich melde mich später."

„Alles klar, José. Übrigens hat er tatsächlich ein Fotostudio aufgemacht."

Er legte auf.

„Kommissar Pepe Labrador Hernández betritt den Raum. Es folgt die Vernehmung von Hans Schauder. Datum ist der"

Es klopfte, die Tür ging auf. Der Kommissar verzog ärgerlich das Gesicht und drückte wütend auf die Stopp-Taste des Aufnahmegerätes.

„Wie oft soll ich euch eigentlich noch sagen, dass ich nicht gestört werden will?!"

Der Nachwuchspolizist senkte den Kopf und zuckte hilflos mit den Achseln.

„Lidia musste dringend weg und bat mich, Ihnen auszurichten, dass die Verwandten eines gewissen" – er versuchte sich mühsam an der Aussprache – „Hans Schauder da sind."

„Eines gewissen? Was meinst du, wen wollte ich gerade vernehmen?!"

„Woher soll ich ihn kennen? Ich war noch nie in Deutschland."

Der Kommissar verdrehte die Augen. Dieser Anwärter auf niederen Polizeidienst namens Pedro Tirado Costa war ja noch unbedarfter als Beltran!

„Sag Inés, sie soll sich um die Besucher kümmern. Sie sollen warten. Zeig ihnen den Zeitungsständer oder lass dir was einfallen. Und jetzt raus!"

„Ach, übrigens", begann der Kommissar, als er wieder mit Hans Schauder allein war, „der Gerichtsmediziner sagte mir, dass Frau

Bonilla an akutem Herzversagen gestorben ist. Es muss der Schreck gewesen sein: Kein Wunder, wenn man plötzlich einen Eindringling entdeckt, der zu später Stunde auf einmal in der eigenen Wohnung bedrohlich auftaucht." Er legte seinen Finger wieder auf die Taste, drückte sie aber noch nicht.

„Rück raus mit der Sprache. Was hast du dort gesucht? Ich werde es dir sagen: Geld, was sonst?! Wie kamst du gerade auf sie? Hast du die Leute vorher observiert? Und Herrn Bonilla, wie hast du ihn zur Strecke gebracht? Heraus mit der Sprache. Das würde unserem Gerichtsmediziner die Arbeit abkürzen."

Pedro Tirado Costa schlich durch die Gänge. Nun war er schon einige Wochen hier und kannte sich in dem weitläufigen Gebäude immer noch nicht gut aus. Was hatte der Kommissar noch gesagt? Er kratzte sich in Gedanken am Kopf und versuchte, den Wortlaut seiner Anweisungen wiederzubeleben. Wie war das noch:

«Sag Irene, sie soll sich um die Besucher kümmern. Ich brauche noch eine ganze Weile.

Sie sollen warten. Steck ihnen eine Zeitung zu. Und jetzt raus!»

Irene, oder sagte er: Inés? Nein, *Irene*, die Auszubildende, natürlich! Die werden ja immer als Erste durch die Gänge gescheucht. Ich wette, ihm gefällt sie auch.

Er bog um die Ecke und öffnete die Tür zu einem kleinen Raum, in dem die Auszubildende an einer alten Klapperkiste von Schreibmaschine Texte handschriftlicher Vorlagen in Formulare tippte. Irene sah ihn an, als fürchte sie Unheil.

„Hallo Irene, ich soll dir vom Kommissar ausrichten" Sie erschrak.

„Mir?"

„Kein Grund zur Aufregung. Du sollst dich um die Verwandten eines gewissen *Hans Schauder* kümmern. Ein Deutscher. Der Kommissar vernimmt ihn gerade."

Er besann sich mühsam und fügte hinzu: „Er sagte noch, du sollst dir etwas einfallen lassen."

„Mir etwas einfallen lassen? Ja, *was* denn?"
„Was weiß ich? Halt, wie du sie unterhältst, damit ihnen nicht langweilig wird, wenn es länger dauert, nehme ich an."

„Ach, so."

Irene war überaus erstaunt. Der Kommissar traute ihr offensichtlich etwas zu. Das war ein verstecktes Kompliment.

„Mach ich Pedro. Sind sie im Besucherraum?"

„Ja, glaube schon. Ich muss jetzt los."

Er ließ Irene zurück und ging zum Büro seines Chefs, in dem immer einige Zeitungen herumlagen.

„Ja, natürlich, das muss er gemeint haben." Er schnappte sich die MARCA, eine in Madrid erscheinende Sportzeitung neuesten Datums, und fühlte, wie seine Stimmung stieg. Eine gute Idee vom Chef.

Noch bevor Irene ihr Büro verließ, sah Pedro sich Almudena und ihrem Vater gegenüber, die im «Besucherzimmer» genannten Raum ungeduldig darauf warteten, endlich mit Hans sprechen zu können.

„Guten Tag, der Kommissar schickt mich: Ich soll Ihnen eine Zeitung bringen. Irene kommt auch bald. Hier bitte!"

Er reichte Alfonso die Sportzeitung und entfernte sich mit federndem Schritt. Alfonso warf einen Blick auf die Zeitung, die Anhänger von «Real Madrid» gerne lesen, zerknüllte sie und warf sie in einen Papierkorb.

„Ausgerechnet mir! Wo ich doch – neben dem FC Sevilla – auch Fan von *Atlético* Madrid bin!"

Es dauerte nicht lange und Irene, die Auszubildende, trat hinzu. Unterwegs hatte sie die Worte von Pedro nochmals Revue passieren lassen. Ich soll mich mit ihnen unterhalten? Wieso das? Da dämmerte ihr: Sicher beabsichtigt der Kommissar, dass ich auch etwas unter die Leute komme, meine mündlichen Fähigkeiten verbessere. Logisch, ist ja schon enorm wichtig, wenn man bedenkt, dass wir später viel unterwegs sein und mit allen möglichen Personen zu tun haben werden.

„Buenos días! Der Herr Kommissar sagte mir, ich soll mich mit Ihnen unterhalten."

„Na, dann fang mal an und erzähle uns einen Schwank aus deinem Leben."

Alfonso beherrschte einen Lachreiz, der ihm jedoch bald wieder verging, als er daran dachte, dass sein Schwiegersohn gerade verhört wurde.

„Papa! Sie meint es bestimmt gut. Vielleicht soll sie unsere Personalien aufnehmen?"
„Meine Personalien? Ich bin doch nicht angeklagt!"

Irene war nun entschieden verunsichert. Was hatte der Kommissar sich dabei gedacht? Wollte er sie ins kalte Wasser werfen, um sie so auf den späteren, rauen Alltag einer Polizistin vorzubereiten? Sie fühlte Trotz in sich aufsteigen.

„Die Vernehmung dauert noch, und da meinte der Kommissar sicher, dass ich Ihnen helfen kann, die Zeit zu überbrücken. Sie sind bestimmt angespannt."

„Angespannt? Keine Spur! Warum auch? Mein Schwiegersohn steht schließlich nur unter Tatverdacht."

Alfonso blickte auf.

„Und jetzt? Was willst du zu unserer Entspannung tun? Mir vielleicht aus dieser" – er deutete zum Papierkorb – „Real-Madrid-hörigen Sportzeitung vorlesen?"

Almudena schlug einen versöhnlichen Ton an.

„Es ist nett von dir, dass du nach uns gesehen hast. Aber das Einzige, was wir brauchen ist, dass ich *endlich* mit meinem Mann sprechen kann!"

„Darauf habe ich leider keinen Einfluss", bemerkte Irene mit gesenktem Kopf.

Gerichtsmediziner Dr. Perrera Martinez trocknete seine Hände ab. Geschafft! Zwei Meter hinter ihm, auf einem der Untersuchungstische, lag der Leichnam von Herrn Bonilla, den er nach allen Regeln der forensischen Kunst examiniert hatte. Der Befund war eindeutig. Er war schon zwei Tage tot, bevor Hans Schauder in der Wohnung entdeckt wurde. Mord war auszuschließen, darüber gab es keinen Zweifel. Gestorben war er infolge monströser Veränderungen eines inneren Organes, die schon ein Medizinstudent unschwer auf übermäßigen Alkoholkonsum zurückgeführt hätte. Ein Deutscher und zwei Tote in einer Wohnung, doch das Ehepaar war offensichtlich keinem Verbrechen zum Opfer gefallen. Kommissar Pepe Labrador Hernández wird sich «freuen», dachte Dr. Perrera Martinez.

Doch warum dieser Deutsche in der Wohnung war, wie er sich überhaupt Einlass verschafft und was ihn dazu getrieben hatte, sich hinter einem Vorhang zu verstecken, diese Frage war noch nicht beantwortet. Auf alle Fälle musste der Kommissar schnellstmöglich informiert werden: Anklage wegen Mordes konnte er sich abschminken. Er wählte die Nummer des Kommissars und vermittelte ihm das Ergebnis seiner Untersuchungen. Kommissar Pepe Labrador Hernández dankte und verabschiedete sich. Er hatte das Aufnahmegerät ausgeschaltet. Dann griff er zum Hörer:

„Pedro, ich mache eine kleine Pause und gehe in mein Büro. Führe Herrn Schauder zu seinen Verwandten im Besucherzimmer. Sie haben eine halbe Stunde Zeit."

„Alles klar, geht in Ordnung!"

Er legte auf und drückte wieder auf die Taste.

„Kommissar Pepe Labrador Hernández verlässt den Raum und legt eine Pause von 30 Minuten ein."

Mit verdrießlicher Miene betrat der Kommissar sein Dienstzimmer. Der Appetit war ihm vergangen. Am besten, ich schicke nachher Irene kurz in die Tapas Bar gegenüber. Ein paar Häppchen, das reicht heute. Er setzte sich und drehte sich nach links, um nach seiner Sportzeitung zu greifen.

„Na, nu?! Was ist das?"

Die Zeitung war verschwunden. Das kann nicht wahr sein! Er fasste sich ans Kinn und grübelte. Die Putzfrau war heute verhindert. Außerdem, was sollte die mit der Sportzeitung? Er schaute in den Papierkorb und fand nichts. Irgendjemand musste in seiner Abwesenheit in seinem Büro gewesen sein, die Zeitung entdeckt und entwendet haben! Aber *wer*? Dabei war ich doch gar nicht lange weg. Er überlegte, wem er heute schon begegnet war, kam zu keinem vernünftigen Ergebnis, erhob sich und verließ den Raum.

Unterwegs lief ihm Pedro über den Weg. Dieser führte gerade Alfonso und Almudena ins Besucherzimmer. Dort wartete Hans – von einem Mann bewacht – schon auf seine Verwandten. Der Kommissar hielt Pedro mit einer Handbewegung an und zog ihn zur Seite.

„Du, sag mal, Pedro, meine Sportzeitung ist verschwunden!"

Pedro wurde blass.

„Aber Sie haben doch selbst gesagt, dass ich den beiden eine Zeitung bringen soll und" „Dummkopf! Aber doch nicht *meine*!"

Der Kommissar schloss für einen Moment die Augen, ballte die Fäuste und ging wortlos vorbei. Er holte sich einen Kaffee und stieß dabei auf Irene, die Auszubildende.

„Herr Kommissar", begann diese kleinlaut, „ich habe mir Mühe gegeben, aber ich wusste nicht, wie ich sie gut unterhalten kann."

„*Wie* bitte? *Wen* denn?"

Ein Argwohn erfasste ihn, der seine gedämpfte Wut steigerte. „Na, die Verwandten von diesem Hans Schauder.

Pedro hat mir gesagt, dass ich sie unterhalten soll, damit sie die Wartezeit überbrücken können. Aber"

„Ich sagte doch klar und deutlich: Inés! *Sie* sollte den Leuten sagen, dass es noch etwas dauert. Wie kommt der auf «unterhalten»? Wir sind doch hier nicht im Varieté! So ein Volltrottel!"

Der Kommissar ließ sie stehen und ging Pedro hinterher. Dieser hörte seine Schritte und zog den Kopf ein.

„Pedro, komme *sofort* in mein Büro!"

Kapitel 20: Nein, verrückt ist er nicht...

Almudena fiel Hans um den Hals. „Mi Amor! Wir holen dich hier raus!"

Alfonso knöpfte sich sein Sakko auf und klopfte seinem Schwiegersohn, mit einer Mischung aus Anteilnahme und Skepsis im Blick, fest auf die Schulter.

„Jetzt setz dich erst einmal und erzähle, alles der Reihe nach."

Als Hans mit seinem Bericht endete, war sein Schwiegervater sprachlos. Er schaute Hans mit einem eindringlich-forschen Blick an, in etwa so, wie ein Lebensmittelkontrolleur, der begutachtet, ob eine Speise noch ganz in Ordnung ist.

„Oh, mi amor, que cosas!" („*Oh, mein Schatz, was für Geschichten!*")

Almudena hatte der, in unbeholfenem Spanisch vorgetragene Bericht ihres Mannes ziemlich mitgenommen.

„Und jetzt?" warf Alfonso trocken ein.

„Der Kommissar wird nachher die Vernehmung fortsetzen."

Alfonso sagte: „Lass mich erst ein paar Worte mit ihm reden."

Almudena sah ihn mit einem vielsagenden Blick an. Ihr Vater verstand.

„Keine Sorge. Ich halte mich zurück."

Aus den Augenwinkeln betrachtete er das Gesicht und die ganze Gestalt seines Schwiegersohnes. *Was* für ein Einstieg! Der erste Auftrag: Statt eines saftigen Honorars: Bei der Polizei zum Verhör. Und wenn sich die Geschichte herumspricht, die «beste» Werbung für sein Fotostudio.

Kommissar Pepe Labrador Hernández kehrte missmutig aus seinem Büro zurück, nachdem er auf die Schnelle noch ein paar «tapas» verzehrt hatte. Nun näherte er sich mit schweren Schritten dem Besucherzimmer. Vor der Tür erwartete ihn Alfonso, während Almudena ganz nah zu ihrem Mann gerückt war und auf eine Art mit ihm sprach, die Alfonso insgeheim «Süßholzgeraspel» nannte. Der Kommissar linste in den Raum hinein und gab dem Wachmann zu verstehen, dass er sich einige Minuten mit Alfonso besprechen würde. Dann winkte er diesen herbei.

„Kommen Sie, gehen wir kurz in mein Büro." Der Kommissar ging ihm voraus.

„Bitte, nehmen Sie Platz."

Alfonso setzte sich und entdeckte die zerknüllte Sportzeitung, die der Kommissar wieder erstaunlich gut hergerichtet hatte. Sie sah aus, als hätte er hierzu ein Bügeleisen verwendet.

„So und jetzt erzählen Sie mal: Ihr Schwiegersohn betreibt ein Fotostudio, das haben wir recherchiert."

Alfonso holte weit aus, erzählte dem Kommissar, wie seine Tochter und Hans sich kennen lernten, er schilderte dessen Anfangsschwierigkeiten mit seinem Studio, als er vom Kommissar unterbrochen wurde.

„So, so, interessant: Schwierigkeiten, sagten Sie? Finanzieller Art?"

„Natürlich!" fiel Alfonso ein und bedauerte es sofort. Wenn der Kommissar nun, statt Verständnis aufzubringen, falsche Rückschlüsse zog. Pepe Labrador Hernández beugte sich nach vorn.

„Das werden wir überprüfen lassen. Die Frau, die tot aufgefunden wurde, starb an Herzversagen. Ihr Mann war längst tot, als Hans Schauder in der Wohnung eintraf. Wir wissen auch, dass ihr Schwiegersohn die Wohnung nicht aufgebrochen hat."

„Das wäre ja auch absurd. Seit wann brechen Fotografen Wohnungen auf?"

„Haben Sie eine Erklärung dafür, dass er sich ohne Kamera in einer Wohnung aufhielt, in der er angeblich Fotos machen sollte und – nach seinen Angaben – auch gemacht hat? Dazu noch Fotos eines Verstorbenen, der schon eine Weile dort gelegen haben musste. Sicher, eine Straftat ist das nicht, aber"

Alfonso blickte ihn ratlos an.

„Nein, das verstehe ich auch nicht. Er kann doch nicht so zerstreut sein, dass er in der Metro seine Fototasche vergessen hat. Das macht keinen Sinn. Wenn er sagt, er hat Fotos geschossen, dann stimmt das auch."

„Möglich, dass auch seine Angabe stimmt, nach der er von Frau Bonilla einen Anruf bekam. Das lassen wir derzeit ermitteln. Nur *was*, um Himmels willen, machte er dann ohne Ausrüstung in ihrer Wohnung? Und wenn er eine Kamera dabeihatte, wie kann sie spurlos verschwinden? Und warum starb Frau Bonilla, während er in der Wohnung war?"

Der Kommissar hatte sich erhoben und ging nun im Raum auf und ab. Dann blieb er stehen. „Haben Sie – wie soll ich sagen – vielleicht beobachtet, ob ihr Schwiegersohn, ich meine" – er machte eine entsprechende Geste.

„Nein, verrückt ist er nicht. Obgleich ich sagen muss, dass ich auch nicht gerade begeistert war, als ich hörte, dass er hier als Fotograf sein Glück machen will. Zumal er sich ja mit der Sprache noch recht schwertut."

Pepe Labrador Hernández nickte zerstreut und schaute in Gedanken auf seinen Schreibtisch. Dann sagte er plötzlich:

„Warum haben Sie eigentlich meine Sportzeitung zerknüllt?"

„*Ihre*? Das wusste ich nicht. Dieser junge Polizist brachte sie: *Mir*, wo ich doch neben meinem Heimatverein, dem FC Sevilla, ein großer Fan von Atlético Madrid bin!"

Als der Kommissar *Atlético* hörte, verzog er das Gesicht. Es sah aus, als habe er unvermutet in eine Zitrone gebissen.

Einige Stunden später stand fest, dass Hans Schauder tatsächlich einen Anruf von dem Anschluss bekommen hatte, der unter dem Namen *Bonilla Martinez* registriert war. In der Wohnung der Verstorbenen waren Dokumente, reichlich Bargeld und Wertsachen gefunden worden. Doch die Spurensicherung hatte keinerlei Anhaltspunkte gefunden, die auf versuchten Raub von Wertgegenständen hindeuteten. In einigen Schubladen fand sich Schmuck, der ebenso unangetastet war. Die Tatsache, dass Hans Schauder Inhaber eines Fotostudios war, bedeutete natürlich nicht automatisch, dass er auch zu einem Fototermin zu Frau Bonilla aufgebrochen war. Gab es vielleicht vorher schon Kontakt zu den beiden? Doch wenn er ohne Fotokamera zu ihnen fuhr, *was* wollte er dort?

Hans Schauder war mittlerweile wieder auf freien Fuß gesetzt worden, da ihm keine Straftat nachzuweisen war. Doch warum hatte er, wenn er unschuldig war, sich dann hinter einem Vorhang versteckt? War seiner Aussage Glauben zu schenken, nach der er – nach dem Zusammenbruch von Frau Bonilla mit Todesfolge – die Nerven verlor? Aber wenn ihr Mann – wie der Gerichtsmediziner versicherte und wie es auch der Aussage von Hans entsprach – vorher längst tot war, *warum* sollte sie ihn dann zu einem Fototermin bestellt haben? Das machte keinen Sinn. Und wenn sie ihn nicht zu einem Fototermin bestellte, warum sollte sie ihn dann anrufen? Dem Kommissar schien es, als sei sein Kopf wie ein Karussell in Betrieb. Nun flogen die Gedanken, wie einzelne Gondeln, nur so durcheinander. Ich muss mir die Leute in dem Haus noch mal vorknöpfen...

Am späten Nachmittag verließ er das Büro. Wie gewohnt, steuerte er auf einen Kiosk zu, an dem er öfter eine Tageszeitung und stets seine Sportzeitung kaufte. Manchmal nahm er dort auch noch Pfefferminzbonbons mit. Er setzte sich gerade seinen Hut auf, denn ein leichter Wind war aufgekommen, als eine große Schlagzeile seine Aufmerksamkeit auf sich lenkte: **Deutscher Fotograf mit zwei Toten in einer Wohnung in Madrid.** Der Rest des Artikels war durch eine weitere Zeitung verdeckt.

Kommissar Pepe Labrador Hernández stutzte. Diesmal war es ihnen doch gelungen, den Fall so diskret zu behandeln, dass die Presse keinen Wind davon bekam! Er las die Überschrift noch einmal und wartete, bis eine Kundin Platz machte. Dann kaufte er ein Exemplar, warf ein paar Münzen auf den Teller – „stimmt so!" – und ging mit der Zeitung auf und davon. Er bog in die nächste Straße ein und erreichte eine kleinere Straße, die mit Bäumen gesäumt war. An ihrem Ende fand sich der Zugang zu einer kleinen, mit Bänken ausgestatteten Parkanlage. Dort angekommen, setzte er sich und suchte hastig den Artikel auf Seite 1. Er las, gewohnt schnell:

Deutscher Fotograf mit zwei Toten in einer Wohnung in Madrid: Der Aufmerksamkeit eines unserer Redakteure ist es zu verdanken, wenn wir unseren Lesern über einen Fall berichten können, der sich erst kürzlich in Madrid zugetragen hat. Wie unsere Recherchen ergaben, suchte ein deutscher, in Madrid ansässiger Fotograf…in einer Wohnung in der…straße eine ältere Dame auf, die ihn zu sich bestellt haben soll. Der Fotograf erwartete eine Geburtstagsgesellschaft oder Familienfeier.

Wer beschreibt seinen Schreck, als er stattdessen den vor Tagen verstorbenen Mann der Auftraggeberin im Nebenraum vorfand. Die Dame, seit längerem herzkrank, verstarb in seinem Beisein an akutem Herzversagen. Der Fotograf, von Panik erfasst, verlor die Nerven. Als er seine Visitenkarte suchte, die – so befürchtete er – gefunden werden und einen Verdacht auf ihn lenken könnte, stieß er in der Dunkelheit eine Vase um. Diese zerbrach, wodurch Hausbewohner und der Hausmeister alarmiert wurden. Der Hausmeister verdächtigte den Deutschen – aus seiner Sicht, einen «Ausländer»– gleich des doppelten Mordes.

Die alarmierte Polizei, bis zu deren Eintreffen – wieder einmal – sehr viel Zeit verging, führte den völlig entnervten Deutschen gleich ab und unterzog ihn einem Verhör. Unsere Nachforschungen ergaben, dass der Kommissar vor einem Verhör erst einmal das Untersuchungsergebnis des Gerichtsmediziners hätte abwarten müssen. Aus diesem, wie auch aus der Arbeit der Spurensicherung geht die Unschuld des Deutschen an beiden Todesfällen klar hervor.

Merkwürdig und unklar an diesem Fall bleibt, dass von dem Deutschen nach eigenen Worten in einer Fototasche mitgeführte Fotokameras nirgends zu finden waren. Der Polizei blieb nichts anderes übrig, als ihn wieder auf freien Fuß zu setzen. Dies sicher zum Leidwesen von Kommissar Pepe Labrador Hernández, über dessen zuweilen rüde Ermittlungsmethoden und Vorurteile gegen sogenannte «Ausländer» wir schon einmal berichtet haben. Angesichts zahlreicher Fehler und Pannen in diesem Fall wundert es nicht, dass die Kriminalinspektion erneut versuchte, die Presse außen vor zu lassen. Doch sind einige ihrer Methoden – Einsatz unauffälliger Wagen – mittlerweile ein alter Hut und lösen bei manchen Reportern fast schon Heiterkeit aus.

Unsere Leser können jedenfalls versichert sein, dass wir auch weiterhin nach allen Kräften unserem Auftrag nachkommen, über Ereignisse zu berichten, die uns alle angehen.»

Der Kommissar schnaubte vor Wut und notierte sich den Namen des Blattes und des Redakteurs. Dann packte er die Zeitung und zerriss sie in Stücke.

Kapitel 21: Es kursierten Gerüchte...

Am selben Abend stellte Kommissar Pepe Labrador Hernández eine Teetasse ab und sah sein Gegenüber aufmerksam an.

„Und wie lange, sagten Sie, kannten Sie die beiden?"

„Seit ich hier wohne. Lassen Sie mich nachdenken. Dreißig Jahre?"

„Was können Sie mir über die Beziehung von Herrn und Frau Bonilla sagen?"

„Nun, ich habe zwar als Kind gelernt, dass man über Verstorbene nichts sagen soll, es sei denn Gutes."

„Aber?"

„Aber es war ja ein offenes Geheimnis, dass die Ehe der Bonillas, nun, wie soll ich mich ausdrücken?"

Der Kommissar ließ ihr Zeit.

„Es kursierten Gerüchte, dass er sie geschlagen, vielleicht auch gewürgt haben soll."

„Dachte ich mir", murmelte der Kommissar und fügte hinzu:

„Und da haben Sie uns nicht informiert?"

Sie zog die Augenbrauen in die Höhe und bemerkte kleinlaut:

„Wie gesagt: Es waren ja nur Gerüchte. Bevor man jemand beschuldigt, sollte man schon sicher sein. Also, wo war ich stehengeblieben? Ach, ja: Deswegen soll sie ja öfter einen Seidenschal um den Hals getragen haben, wegen der Spuren. Aber auch das war nur ein Gerücht. Hat ihr aber auch nichts genützt. Einmal verrutscht und schon sieht man alles."

„Und davon abgesehen? Wissen Sie, warum er sie misshandelt hat?"

„Hm, da müsste ich jetzt spekulieren. Ich glaube, die haben sich beide das Leben schwer gemacht. Am Ende wurde er ja sehr schwerhörig. Böse Zungen behaupten, dass er es nur vortäuschte. Vielleicht wollte er einfach nicht mehr hören, was sie sagte. Soll ich nachschenken?"

„Danke."

Kapitel 22: Diego rieb sich die Hände...

Diego blätterte in dem Stapel Geldscheinen, wie in einem Buch, vorwärts und rückwärts. Er war außerordentlich zufrieden. Er hatte sogar mehr für die Kameras und das Handy bekommen, als er dachte. Die Zweitkamera und das Handy hatte er an einen Mann verkauft, der gebrauchte Geräte gern als neue verkaufte. So lohnte sich das Geschäft für beide Seiten. Abubakar, dem Afrikaner, der ihm die Digitalkamera abgekauft und den vereinbarten Gegenwert in Drogen bezahlt hatte, war auf einmal etwas aufgefallen. Auf der Kamera befand sich noch ein Foto, das Carlos zunächst übersehen hatte und noch löschen wollte. Doch Abubakar hatte ihn   beschwichtigt: «Kein Problem, das mache ich nachher». Und so waren sie einig geworden.

Was der mit der Digitalkamera wohl machte? War er vielleicht selbst Fotograf und – falls nicht – wo fand er Abnehmer für so ein Gerät der gehobenen Preisklasse? Na, gut, nicht mein Problem. Diego rieb sich die Hände.

Eine gute Stunde später kramte Abubakar seinen Hausschlüssel hervor. Um diese Zeit des Tages waren seine Mitbewohner meist unterwegs. Er schloss auf, öffnete die Tür zu seinem Wohnbereich und hörte sich um. Sehr gut, keiner da! Er betrat sein Zimmer und schloss hinter sich ab. Dann schaltete er die Digitalkamera ein und betrachtete das Bild. Seltsam, alle anderen Bilder waren gelöscht, nur dieses nicht. Zufall? Sieh dir das an! Wer macht solche Fotos?

Er betrachtete das Grauen erregende Gesicht des aufgebahrten Toten, dessen Hals von einer grotesk aussehenden großen Halskrause umschlossen war. Seine Hände waren gefaltet und umschlossen einen Rosenkranz. Die Leichenstarre musste längst eingesetzt haben. Was für eine Perspektive! Wer das fotografierte, hat Talent. Abubakar dachte nach. Dann stand er rasch auf und fuhr seinen Computer hoch. Er nutzte die Wartezeit, um sich eine Tasse kenianischen Kaffees einzuschenken. Dann beförderte er das Bild, das er auch auf der Digitalkamera beließ, in seinen Computer. Mit ein paar Handgriffen vergrößerte er es. Dank seines neuen, sehr großen Flachbildschirms eröffnete sich ihm nun eine beeindruckende Sicht. „Caramba!"

In dieser Größe wirkte das Bild ungeheuer. Nun konnte er auch brennende Kerzen sehr gut erkennen. *Wer* hatte den alten Mann aufgebahrt? Auch einem Laien war klar, dass dies keine Aufnahme aus den Räumlichkeiten eines Bestattungsinstitutes oder einer Trauerfeierhalle war. Von *wem* stammte das Foto und *wer* war dieser grotesk und zugleich unheimlich aussehende Alte, eine Gestalt wie aus früheren Jahrhunderten? Diego hatte damit sicher nichts zu tun. Doch vielleicht die Leute, denen die Kamera zuvor gehörte? Sicher hatte der Hersteller das Foto nicht quasi vorinstalliert und bei Verkauf als *kleines Extra* mitgeliefert. Nein, die Aufnahme hatte jemand gemacht und zwar zu einem bestimmten Zweck. Was tue ich jetzt damit? Löschen? Nein!

Abubakar speicherte das Bild auf der Festplatte und gab der Datei – für alle Fälle – einen unauffälligen Namen: «Gemälde von Goya». Er grinste, speicherte das Foto zur Sicherheit noch auf CD und einer externen Festplatte. Dann fuhr er den Computer wieder herunter und machte sich ausgehbereit.

Abubakar stieg ein paar Treppen empor. Schon aus einiger Entfernung hörte er afrikanische Musik. Er klingelte. Nun hörte er von drinnen Kindergeschrei, dann die Stimme einer Frau. Sie öffnete ihm.

„Ah, du bist es. Salongo ist im Atelier." Abubakar schlängelte sich durch einen engen Gang, dann durch einen Raum, an dessen Ende eine Wendeltreppe nach oben führte. Dort angekommen, musste er erneut Treppen steigen, die direkt ins Atelier des Malers führten. Salongo steckte einen Pinsel in den Farbtopf. Er trug ein farbenfrohes Gewand, sein Schädel war nahezu kahlgeschoren. Nun drehte er sich um, erkannte seinen Besucher, erhob sich und strahlte Abubakar an.

„Schön, dass du dich mal wieder bei mir blicken lässt. Was führt dich zu mir? Möchtest du eine Tasse Kaffee?"

„Gerne."

Abubakar sah sich um und entdeckte einen freien Stuhl. Salongo füllte eine Tasse und brachte sie seinem Gast. Abubakar nahm einen Schluck und ließ seinen Blick über eine Reihe von Bildern wandern.

„Mir fiel ein, dass du immer auf der Suche nach originellen Bildmotiven bist."

„Du hast ein gutes Gedächtnis."

Salongo ergriff einen Lappen und reinigte seine von Farbklecksen übersäten Finger.

„Zuweilen hat man einen schöpferischen Engpass. Man merkt, dass sich Bildmotive wiederholen. Irgendwann muss man etwas Neues beginnen. Zum Beispiel habe ich momentan genug von Landschaftsbildern. Da gerät man in eine Sackgasse. Man hat ein Thema ausgereizt und sucht eine andere Richtung."

„Das hast du schön gesagt."

Salongo stellte seine Tasse ab. Worauf wollte Abubakar hinaus?

„Ich erinnere mich auch, dass du mir von einigen Leuten erzählt hast, die dich manchmal mit Ideen oder Motiven versorgen."

Salongo lachte.

„Schreibst du dir alles auf, was ich sage? Ich habe ein paar Leute, die mir ein bisschen zuarbeiten. Ich revanchiere mich natürlich auf die eine oder andere Art."

„Daran habe ich keine Sekunde gezweifelt."

„Lass die Katze aus dem Sack."

„Ich hätte ein ungewöhnlich schönes Motiv für dich! Hat mir ein alter Bekannter geschickt, der inzwischen leider nicht mehr lebt. Es zeigt seinen alten Vater, aufgebahrt. Bevor du jetzt abwinkst, schau dir das Bild an."

Salongo wusste nicht recht, was er von dieser Eröffnung halten sollte. Er wischte seine Finger nochmals ab, trat hinzu und blickte in das Kameradisplay. Dann machte er große Augen.

„Suggestiv das Bild. Die Perspektive, frontal auf das Gesicht, wie von oben. Der Gesichtsausdruck, die Kerzen, ich muss sagen: Das hat was!"

„Schön, dass du das auch so siehst. Du musst wissen, dass er seinen Vater sehr verehrt hat. Sicher würdest du ihm – sozusagen posthum – einen großen Gefallen tun, wenn du ihn verewigst."

Der Maler setzte sich wieder. Abubakar bemerkte mit Erleichterung, dass Salongo ihm die improvisierte Geschichte ohne weiteres abnahm. Er fühlte sich beschwingt und ermutigt, noch einen draufzusetzen. „Als ich das Bild sah, dachte ich sofort: Das ist wie geschaffen für Salongo! Ich sehe das Portrait schon vor mir: Im Stil der alten Meister. Sieh dir nur diese Halskrause an. Das sieht doch aus wie aus dem «Siglo de Oro» (dem goldenen Jahrhundert, dem 16. Jhd. in Spanien)."

Während Salongo noch nachdachte, fuhr Abubakar instinktsicher fort:

„Ich denke, bei allem Respekt für deine schönen Landschaftsbilder, du solltest dich wieder einmal an Portraits versuchen. Wenn sie dann noch etwas Geheimnisvolles haben, werden die *der* Renner! Du wünschst dir doch bestimmt, dass einmal eines deiner Gemälde in einer Kunstgalerie oder einem Museum in Madrid hängt, oder?"

Die Vorstellung, die sich langsam vor seinem inneren Auge abzuzeichnen begann, gefiel dem Maler außerordentlich.

„Und du meinst, ich könnte das Foto verwenden? Als Vorlage?"

„Wenn ich es dir sage! Sein Vater war die einzige Bezugsperson, die der arme Kerl noch hatte. Wer hätte gedacht, dass er bald nach ihm gehen musste. Du würdest überdies ein gutes Werk tun."

Salongo blickte in die Weite.

„Ja, wenn man es *so* sieht."

Er stand auf und drückte Abubakar die Hand.

„Meinst du, du kannst mir das Bild vergrößert auf Fotopapier liefern?"

„Kein Thema! Mache ich gerne."

„Eine klasse Idee! Ich lasse mir etwas einfallen, werde mich revanchieren. Was hältst du von *der* Idee: Du suchst dir, wenn du nächstes Mal kommst, eines meiner Landschaftsbilder aus."

Abubakar erhob sich und legte dem Maler eine Hand auf die Schulter.

„Einverstanden. Ich komme dann dieser Tage auf dich zu. Wir sprechen uns."

Salongo begleitete ihn bis zum Ausgang, und beide waren über den Verlauf des Gespräches sehr zufrieden. Abubakar verließ das Haus. Als er ein Stück gegangen war, begann er zunächst glucksend, dann immer lauter zu lachen. Was für ein Einfaltspinsel! Na, ja, passt irgendwie das Wort, bei einem *Maler*. Wo mir seine Landschaftsbilder so gut gefallen. Ich suche mir eines aus, das sich bestimmt sehr gut verkaufen lässt!

Kapitel 23: Worauf wollte sie hinaus?

Hans Schauder hatte mittlerweile wegen seiner verschwundenen Fototasche Anzeige gegen Unbekannt erstattet. Nun saß er in seinem Fotostudio. Wie er dem Anrufbeantworter entnahm, versuchten in seiner Abwesenheit doch tatsächlich zwei Anrufer, ihn zu kontaktieren. Doch die Aufträge waren nun schon vergeben. Was tun?

Er stand missmutig auf und ging vor die Tür. War die Lage seines Fotostudios ungünstig? Minuten später linste eine korpulente, in einen schweren Mantel gehüllte Dame in sein Schaufenster. Hans stand auf, öffnete ihr und begrüßte sie. Sie trat ein, sah sich neugierig um und blickte ihn an.

„Sie sind der deutsche Fotograf, nicht wahr?"

Hans war erstaunt. Also spricht es sich doch langsam herum. Na, also!

„Ich wollte Fotografien bei Ihnen in Auftrag geben. Mein Sohn heiratet nämlich. Wir erwarten an die 200 Gäste."

„Gerne, wann findet denn die Hochzeitsfeier" Sie fiel ihm ins Wort.

„Das *hätte* sich gelohnt. Doch als ich heute Morgen die Zeitung las…"

Worauf wollte sie hinaus?

„Hier! Lesen Sie selbst. Das Exemplar können Sie behalten. Sie werden verstehen, dass ich unter solchen Umständen…Also, nicht dass Sie mich jetzt falsch verstehen, es besteht ja keine Anklage gegen Sie. Aber, Ihre Anwesenheit in dem Haus, in dem die Polizei später zwei Tote… Ich dachte, es ist gut, wenn Sie wissen, was die Zeitung schreibt. Guten Tag."

Sie legte ihm die Zeitung hin und drehte sich auf dem Absatz um. Hans sah ihr nach, ergriff die Zeitung, begann zu lesen. Er war gerade am zweiten Absatz angekommen, als das Telefon klingelte.

„Ich bin es, Alfonso. Ich weiß nicht, ob du es schon gehört hast, aber, stell dir vor, in der Zeitung…"

Kapitel 24: Wie still er daliegt...

Am nächsten Vormittag trug Abubakar eine große Rolle unter dem Arm, in der das stark vergrößerte Foto des toten Mannes steckte. Salongo öffnete ihm die Tür und geleitete ihn erfreut in sein Atelier.

„Da bin ich mal gespannt."

Abubakar machte es spannend. Langsam öffnete er die Rolle und entnahm ihr das Bild, das er dem Maler nun auf Postergröße vor Augen führte.

„Was sagst du *dazu*?"

Salongo war sichtlich beeindruckt.

„Das ist noch besser, als ich es mir vorgestellt habe! Das wird ein prächtiges Gemälde, mit dem Reiz des Besonderen."

Er stellte sich Besucherströme vor, die sich vor seinem Gemälde in einer Kunstgalerie die Hälse reckten, mit den Fingern auf es zeigten und sich zuflüsterten: «Wer hat das gemalt? Das sieht ja interessant aus! Großartig!»

Er löste sich von seinen Vorstellungen, drehte sich schwungvoll um und zeigte in eine

Ecke, in der eine Reihe von Landschaftsbildern auf dem Boden standen.

„Such dir eins aus, wie versprochen." Abubakar begutachtete die Gemälde mit Genießerblick.

„Hier, dieses da!"

Salongo trat hinzu und zog es hervor.

„Ich lasse es dir nachher einpacken. Viel Freude damit."

„Danke. Zeig mir dein Gemälde, sobald es fertig ist. Ich bin jetzt schon so gespannt. Und jetzt lasse ich dich alleine mit deiner Arbeit!"

„*Ich* danke. Ich werde mein Bestes geben. Wenn der arme Sohn das gewusst hätte." Abubakar tat, als rühre ihn dieser Gedanke.

„Das ist ein schöner Zug von dir. Male es auch zu Ehren seines Vaters. Dann wird es noch besser. Ich lasse mir auch noch einen guten Titel einfallen. Wie wäre es mit, warte, lass mich nachdenken: «Der stille Tod des Conde»?"

„Klingt interessant! Ich denke mal darüber nach."

Er klopfte ihm kurz auf die Schulter – „man sieht sich" – und suchte das Weite.

Am Abend desselben Tages trat Salongo ein paar Schritte zurück und schob die Lampe zur Seite, so dass das Licht das angefangene Gemälde besser erhellte. Ja, das sieht schon sehr gut aus! Er strahlte vor Genugtuung. Wirklich ein außergewöhnliches Motiv. Fast ein Stillleben von einem Toten. Auch der improvisierte Titel des Gemäldes «Der stille Tod des Conde» gefiel ihm.

Aber vielleicht sollte ich das «Conde» noch näher erläutern. Im Raum roch es nach Ölfarbe. Die Farbgebung war stimmig, die Schatten sahen natürlich aus, das Bild wurde immer besser. Da hatte Abubakar sich aber etwas einfallen lassen. Salongo betrachtete erneut das große Poster, das auf eine Fotografie zurückging. Wenn sein Sohn wüsste, dass ich seinen verstorbenen Vater jetzt mit höchster Sorgfalt portraitiere. Er tauchte den Pinsel ein und nahm noch einmal Abstand, kniff ein Auge zusammen und war sichtlich zufrieden. Das wird noch besser, als ich dachte. Wenn ich so weiter mache…Er musterte die Halskrause auf der Vorlage und verglich. Ja, das kommt hin. Vielleicht sollte ich sie noch etwas heller machen. Die Perspektive wirkte ungeheuer. Das

Gesicht des Mannes zog sofort die Aufmerksamkeit des Betrachters auf sich.

Wie still er daliegt, man möchte wissen, was er vor seinem Eintritt ins Jenseits dachte. Da soll noch einer sagen, ich könne nur Flora, Fauna und Landschaften malen. Viel besser hätten das die alten Meister auch nicht hinbekommen. Doch an den Titel muss ich noch etwas ändern.

Wie wäre es mit: «Der stille Tod des Conde de Alcalá»? Ja, das klingt sehr gut! Weiß doch kein Mensch, ob es dort vor Jahrhunderten einen Conde dieses Namens gab. Das wird großartig, das beste Bild, das ich jemals gemalt habe. Er hörte Schritte und drehte sich um. Seine Frau näherte sich mit einem Zeitungsausschnitt in der Hand.

„Hier, ich habe den Artikel gefunden. Du hattest recht. Du kannst dich für die Ausstellung «Zeitgenössische Maler aus Madrid» bewerben."

Salongo schnalzte mit der Zunge: Dieser Abubakar hat einfach einen Riecher.

Kapitel 25: Grandios, der Verblichene...

Hören Sie, spreche ich mit Herrn Salongo?" Seine Frau hatte ihn gerufen – „komm, schnell!" – und nun war doch tatsächlich einer der Macher der Ausstellung an der Strippe.

„Ja, ich bin am Apparat", sagte er erwartungsvoll.

„Ich habe das Foto Ihres Gemäldes bekommen und muss sagen, dass es mir außerordentlich gut gefällt. Es hat ein gewisses Etwas. Könnten Sie mir mal das Original vorbeibringen?"

„Das freut mich, sehr gerne! Um 16:00 Uhr? Einverstanden. Wie bitte? 3. Stock, Name steht an der Tür, habe ich notiert. Vielen Dank für Ihren Anruf! Bis dann."

Salongo blickte auf das große Ziffernblatt seiner Armbanduhr: Noch zehn Minuten. Er stieg aus seiner alten Klapperkiste und zog das gut verhüllte und verschnürte Gemälde vorsichtig hervor. Der Maler hatte es eigens einrahmen lassen, damit es für den ersten Eindruck noch gediegener aussähe. Nun näherte er sich – ungewohnter Weise im Anzug – dem Gebäude, in dem sich das Büro eines der Organisatoren der Ausstellung befand. Ob das gut aussieht? Mit all dem Papier drum herum? Hm, vielleicht entferne ich es besser. Er riss die Schnur entzwei, entfernte das Papier und stopfte die Abfälle schnell in einen Papierkorb.

War er als Künstler bisher über kleine Achtungserfolge nicht hinausgekommen, die ihm in seinem Stadtviertel ein bescheidenes Renommee eingebracht hatten, so witterte er nun die lang erhoffte, unversehens – wie ein Geschenk eingetretene – große Chance. Das Gemälde gut im Griff, stieg er zügig Treppen empor. Eine junge Frau huschte in Gegenrichtung herab, blickte neugierig auf das Gemälde und trippelte weiter nach unten. Oben angekommen, sah er sich im Flur um, bis er die Tür entdeckte, die zum Büro von «Morales Sola» führte. Er klopfte an.

„Adelante!" („*Herein!*") Ein Herr mit Künstlermähne empfing ihn. Ein lascher Händedruck – „Willkommen, bitte, setzen Sie sich, einen Kaffee?" – und ließ ihn erst einmal allein. Salongo sah sich um: Kataloge von Ausstellungen, Bildbände, schwere Ordner, Künstlerbiografien, an der Wand edle Reproduktionen. Bald hörte er Schritte.

„So, bitte sehr, Ihr Kaffee. Meine Sekretärin ist heute verschnupft, ich muss alles selber machen."

Er schenkte sich auch eine Tasse ein, rührte um, klapperte mit dem Löffel, warf ein Stück Zucker hinein und sah auf.

„Da haben Sie ja Ihr Gemälde. Lassen Sie mal sehen."

Er stand auf und gestikulierte. „Wenn Sie das Bild etwas zur Seite drehen, ja, so, dann fällt das Licht optimal darauf. Warten Sie"

Er führte eine Hand ans Kinn – „phänomenal!" – und wirkte außerordentlich zufrieden.

„Das ist großartig, *genau* das, was uns noch fehlte. Ungewöhnlich, das Motiv und die Art der Darstellung. Die Perspektive, da fragt man sich, ob Ihnen da jemand Modell gelegen hat, ha-ha, einfach grandios, der Verblichene. *Wo* waren Sie die ganze Zeit? Ich habe zuvor noch nie von Ihnen gehört! Nehmen Sie Zucker?

Habe ich, glaube ich, ganz vergessen zu fragen."

Der Maler dachte, er höre nicht recht. Dass sein Gemälde solchen Anklang finden würde, hätte er nicht erwartet. Wie sollte er sich nun verhalten? Eine stolze Miene aufsetzen? Nein, besser nicht. Locker und natürlich bleiben, sagt sich so leicht. Herr Morales Sola vertiefte sich in seinen Terminkalender.

„Tja, jetzt muss ich auch schon wieder los. Ich schlage Ihnen vor, dass Sie, einen Moment."

Er ging zu seinem Telefon, drückte eine Taste:

„Maria? Ich schicke einen Herrn Salongo zu dir. Kümmere dich um die Formalitäten, bitte. Ja, wegen der Ausstellung. Danke."

Er griff nach einem Kuli, kritzelte etwas auf einen Zettel.

„Hier, die Zimmernummer, einen Stock tiefer. Maria wird Ihnen alles erklären, auch die Sache mit der Versicherung. Sie können ihr das Gemälde übergeben, ich garantiere beste Behandlung. Nach der Ausstellung bekommen Sie es natürlich wieder zurück. Es wird auch in unseren Katalog aufgenommen: Ein

Foto, kurze Beschreibung. Maria wird Ihnen die Konditionen erläutern. Ich sag's Ihnen: Das Gemälde wird Furore machen, hat mich gefreut."

Er drückte ihm fest die Hand.

„Malen Sie fleißig. Es wird nicht die letzte Ausstellung sein, die ich betreue. Sie können davon ausgehen, dass die Presse darüber berichten wird. Haben Sie Glück gehabt, dass Sie noch reingerutscht sind. Ein anderer Künstler – versteht kein Mensch – zog sein Werk wieder zurück."

Herr Salongo wusste nicht, wie ihm geschah. So setzte er ein Lächeln auf, erwiderte den Händedruck und verließ den Raum.

Nach dem Artikel von Louis hatte inzwischen eine andere Zeitung den «Fall Bonilla» aufgegriffen und ihm eine kleine Nachbetrachtung gewidmet. Dabei war der Name «Estudio Fotográfico Schauder» durchgesickert. Lag es daran, dass immer noch viel zu wenige Kunden den Weg zu ihm fanden? Hans dachte mit Grauen daran, dass der Termin für die Zahlung der beiden Mieten unweigerlich nahte. Wird Alfonso noch einmal bereit sein, Kredit einzuräumen? Und wenn nicht? Wenn Almudena nur endlich Arbeit finden würde. Vielleicht war es auch keine gute Idee, mein Studio mit meinem Nachnamen zu benennen, wo sich die Spanier mit diesen Lauten einfach schwertun. Aber mein Name steht auch auf der Wand. Soll ich alles überstreichen, mein Studio schon in der Anfangszeit umbenennen? Beständig wirkt das dann nicht. Und wenn umbenennen, wie? Vielleicht in «Alfonso und Schwiegersohn»?

Das Lachen blieb ihm im Halse stecken. Oder mit dem Nachnamen meiner Frau? Aber im Telefonverzeichnis für Geschäfte, in den «paginas amarillas», steht ja schon mein Nachname. Vielleicht sollte ich ihn in Spanisch übersetzen: «Estudio Fotográfico Escalofrío». Das würde die Leute vielleicht neugierig machen. Oder sollte ich eine große Werbeaktion starten, alle Schulen anschreiben? Die Schüler brauchen doch jedes Jahr Fotos von der Einschulung. Zu allem Elend musste ich mir nach dem Verschwinden meiner Fototasche, mit geliehenem Geld, auch noch eine neue Kamera kaufen. Ein Glück, dass Manuel uns etwas

vorgestreckt hat. Bestimmt nur Almudena zu-
liebe.

Erst gestern hatte Hans nachgefragt, ob sich
auf seine Anzeige gegen Unbekannt hin schon
etwas getan habe. Ich hätte die ganze Ausrüs-
tung versichern sollen, dachte er missmutig.
Und mein Vater? Statt dass er einspringt:
«Halt die Ohren steif, Junge!» Fehlt nur noch:
«Lehrjahre sind keine Herrenjahre!» und die
Sammlung ist komplett.

Auf einmal tauchten vor der Tür eine Frau,
ein Mann und ein kleiner Junge auf. Hans ging
ihnen entgegen und geleitete sie hinein.

„Unser Sohn wird eingeschult."

Immerhin, ein kleiner Auftrag, dachte
Hans. Das deckt noch nicht einmal die Grund-
kosten.

„Guten Tag, bitte, kommen Sie herein."

Almudena deckte den Tisch. Vorhin hatte
sie einen heftigen Wortwechsel mit ihrem Vater, der nicht mehr willens war, ihrem Mann
noch mehr Geld zu leihen. Sie war ratlos. Wie
soll ich es Hans beibringen? Jetzt essen wir
erst einmal. Vielleicht gelingt es mir dieser

Tage ja noch, dass ich Papa umstimme. Noch ist nicht alles verloren.

Ihr war nicht entgangen, dass ihr Mann bedrückt und niedergeschlagen war. Da war es sicher nicht sinnvoll, dass sie gleich mit der Tür ins Haus fiel, das leidige Thema ansprach. Ratsamer schien ihr nun, da das Wochenende nahte, dass Hans zumindest einmal für zwei Tage ausspannte. Dann konnte man nächste Woche immer noch alles überdenken, vielleicht eine Lösung finden. Sie deckte den Tisch und sorgte für ein gutes Ambiente, als ihr Mann auch schon eintraf. Als er sah, wie sie sich bemühte, hellte sich seine Stimmung etwas auf. Sie ging auf ihn zu, umarmte ihn – „un beso!" (ein Kuss!) – und nahm ihm seine Jacke ab. Auch während sie Speisen servierte, vermied sie es, das Thema «Fotostudio» anzusprechen. Stattdessen lenkte sie geschickt ab.

„Du, ich habe eine gute Idee für das Wochenende."

Sie schenkte ihm spanischen Rotwein ein und bot ihm «tortilla de patatas» an.

Hans nahm einen großen Schluck und schob seinen Teller in Reichweite.

„Ja? Was denn?"

„Erholung wird uns beiden guttun. Zurzeit läuft in einer Kunstgalerie eine interessante Ausstellung an: «Zeitgenössische Maler aus Madrid». So siehst du, nach dem *Prado*, auch eine der zahlreichen Kunstgalerien von Madrid. Sonntags ist der Eintritt für Spanier und legal angemeldete Ausländer frei. Vergiss nicht, die Dokumente mitzunehmen. Wenn es uns nicht gefallen sollte, können wir danach in den «Parque del Retiro» gehen, was meinst du? In diesem Park gefällt es dir doch so gut. Einfach ein wenig ausspannen."

„Einverstanden."

Am Samstagnachmittag schlenderten Almudena und Hans zur Kunstgalerie. Das Wetter hellte sich erfreulicherweise auf. Hans kaufte ihr unterwegs eine Packung Mandeln. Ja, sie hat Recht. Wir beide müssen jetzt, trotz allem, versuchen, uns zu entspannen.

Nach einem kurzen Fußweg tauchte das Gebäude des Museums vor ihnen auf. Die Eintrittskarten waren reserviert. Während Almudena sie abholte, sah Hans sich in der Vorhalle um. Er war erstaunt über den Andrang, der, trotz der noch recht frühen Stunde, schon recht groß war. Almudena kam zurück und steckte ihm seine Eintrittskarte zu.

„Hier entlang!"

Sie nahm ihn bei der Hand und hoffte, dass ihr Mann nun, zumindest für zwei Tage, auf andere Gedanken kommen würde. Fotografieren war eigentlich verboten. Im ersten Ausstellungsraum sahen sie aber, wie jemand verstohlen eine Kamera hervorholte und heimlich ein Bild schoss. Hans beobachtete, wie ein Elternpaar ihr Kind in die Höhe hob, damit es ein großes Gemälde besser sehen konnte, wie das Kind es mit großen Augen betrachtete mit dem Finger darauf deutete. Vor einem anderen Bild wunderte er sich über einen älteren Herrn, der partout nicht weitergehen wollte, stur stehen blieb. Dann kam eine resolute Dame hinzu, vermutlich seine Frau. Sie schob ihn weiter.

„Hier, sieh mal. Dieses Bild finde ich schön. Allein schon, wie er die Farben zusammengestellt hat."

Hans trat näher, bückte sich und versuchte den Namen des Malers zu entziffern.

„Den Maler kenne ich nicht. Aber das Bild wirkt harmonisch."

Almudena atmete erleichtert auf, schien ihr doch, dass sich die Stimmung ihres Mann etwas aufhellte.

„Und hier, schau mal, da drüben!"

Sie zog ihn mit sich und wartete, bis eine kleine Besuchergruppe weitergegangen war. „Was für eine Landschaft! Da möchte man am liebsten gleich hinfahren. Habt ihr in Deutschland auch solche Landschaften?"

„Da wo ich herkomme, gibt es, wie du ja weißt, sehr viel Wald. Die Natur ist rauer, mitunter auch felsig. Solche Landschaften gibt es, glaube ich, eher in der Karibik."

Sie gingen von einem Saal zum anderen und staunten über die Vielfalt an Motiven, Stilrichtungen und Farben. Zwischendurch setzten sie sich, ermüdet vom vielen Sehen,

Stehen und Gehen. Als der Vormittag schon fast vorbei war, sagte Almudena:

„Du, Hans, ich müsste mal auf die Toilette. Ich glaube, wir sind fast durch. Den Raum gegenüber haben wir noch nicht gesehen. Was meinst du: Du gehst voraus, siehst dich schon mal um und wartest auf mich? Dann kannst du mir die Gemälde zeigen, die dir am besten gefallen, ja?"

Hans betrachtete sie mit Wohlgefallen. Zugleich stieg Wehmut in ihm auf. Sicher, die Bilder waren sehenswert. Doch was gäbe ich darum, wenn sie sich zugleich darüber freuen könnte, dass mein Geschäft gut angelaufen ist. Hans sah ihr nach, wie sie sich entfernte. Dann löste er sich mit Mühe von seinen Gedanken und ging in den letzten Ausstellungsraum. Wie er aus Erfahrung wusste, konnte es sich eine ganze Weile hinziehen, bis Almudena wiederkam. Sie stand manchmal länger vor einem Spiegel, überprüfte ihre Frisur und justierte hier und da.

Die Gemälde in diesem Raum mussten etwas Besonderes sein, da dort der Andrang viel größer war. Haben sie die besten Bilder vielleicht vorher ausgesucht und bewusst in diesem Saal zusammengestellt? Er las Namen der Maler und schloss aus ihnen auf ihre geographische Herkunft. Kein einziger war ihm bekannt und doch war augenscheinlich, wie viel, oft großes Talent sich darin ausdrückte. Vielleicht haben sie ja mehr Glück als ich und werden entdeckt. Vielleicht kann der ein oder andere ein Werk sogar teuer verkaufen. Ich hätte Maler werden sollen.

Zehn Minuten später fehlte von Almudena noch jede Spur. So ging er weiter, ging um eine kleine Menschenansammlung herum, staunte hier, bewunderte da, bis er sich auf eine Bank setzte. Da drüben war ich noch nicht. Er erhob sich wieder – so langsam habe ich Hunger – und bewegte sich auf die andere Seite zu. Da sich vor einem Gemälde immer noch eine Menschentraube befand, wurde er neugierig. Muss ein besonderes Bild sein, mal sehen.

Er trat näher, ging auf die Zehenspitzen und entdeckte einen kleinen Freiraum. Von dort kann man bestimmt besser sehen. Er drehte sich noch einmal um: Hoffentlich sucht mich Almudena nicht. Da verließ eine Frau die

Menschenansammlung und Hans nahm sogleich ihren Platz ein. Von dort hatte er eine gute Aussicht. Er suchte zunächst den Namen des Malers, doch er sagte ihm nichts. Darüber stand der Titel des Bildes:

«Der stille Tod des Conde de Alcalá.»

Originell, hört sich gut an. Dann blickte er auf und betrachtete das Motiv:

OH, NEIN, das ist, das ist nicht möglich! Er starrte fassungslos auf das Gemälde: NEIN, DAS KANN NICHT, NICHT WAHR SEIN, das ist ER! Der tote Herr Bonilla, in allen Zügen identisch, Zufall oder Täuschung ausgeschlossen. Blitzartig sah Hans sich in der Wohnung der Bonillas, wie er das Gesicht des Toten fotografierte: Wenn sie nur nicht wieder plötzlich auftaucht, mir ihre Hand auf den Rücken legt. Er betrachtete mit Entsetzen die den Hals des Verstorbenen umschließende Halskrause, die vom Maler perfekt wiedergegeben war. Ihm war, als beginne sich in seinem Kopf ein Karussell zu drehen, das seine Gedanken und Erinnerungen immer schneller durcheinanderwirbelte:

«Aber der ist nicht heute gestorben. Der müsste doch längst im Leichenschauhaus aufgebahrt...»

Hans starrte auf das Gemälde, während er in seiner Erinnerung Frau Bonilla wieder vor sich sah.

«Sicher, er hört mich nicht. Wie könnte er auch? Wo er doch tot ist».

Als Hans plötzlich Almudenas Hand auf seiner Schulter spürte, zuckte er zusammen. Nun sah er nur noch den Toten im Zentrum des Gemäldes, während um ihn herum langsam alles zu verschwimmen begann. Almudena sah mit Entsetzen, wie Hans immer wieder auf das Bild zeigte, keinen Ton herausbrachte, vielmehr nach Luft schnappte wie ein Fisch an Land, bis ihn zwei Männer zu einer Bank führten, ihn langsam darauf ausstreckten. Almudena eilte zu einem Mitarbeiter der Kunstgalerie, der einen Arzt verständigte.

Kapitel 26: Die Halskrause drückt mich...

Am nächsten Tag kaufte Kommissar Pepe Labrador Hernández, wie gewohnt, die Zeitung «El mundo». Er zückte seine Pfeife und suchte sich eine freie Bank. Vor ihm flatterten Tauben auf. Auf einem nahegelegenen Spazierweg schob ein kleines Kind ein Fahrrad. Sonntag, er atmete auf.

Alter Tradition gemäß schlug er zunächst den Sportteil auf und widmete sich der Lektüre von Kommentaren zu Spielen der ersten spanischen Fußballliga, der «primera división». War dieses Bedürfnis gestillt, widmete er sich den Lokalseiten, gespannt, was sich denn so alles in Madrid zugetragen habe. Schon von Berufs wegen durfte er nicht versäumen, sich darüber auf dem Laufenden zu halten. Aber auch als Privatmann interessierte ihn, was in seinem und anderen Stadtvierteln passierte. Er überflog kleinere Berichte, bis seine Aufmerksamkeit auf eine Überschrift gelenkt wurde:

«**Wie Bilder wirken können – Seltsamer Vorfall im Rahmen einer**

Ausstellung zeitgenössischer Maler aus Madrid. Von unserem Volontär...»

Der Kommissar kramte seine flachglasige Lesebrille aus dem Futteral, setzte sie auf und überflog den Artikel:

«Dies hätte sich der in unserer Hauptstadt ansässige, aus Afrika stammende Maler, der seine Kunstwerke mit «Salongo» firmiert, nicht träumen lassen: Auf einen Besucher der Ausstellung...machte sein Gemälde «Der stille Tod des Conde von Alcalá» einen so mächtigen Eindruck, dass er danach ärztlich betreut werden musste.

Sicher war es ein Zufall, dass es dem Besucher...vor einem Meisterwerk der Portraitkunst schwindlig wurde, das den Vergleich mit Gemälden alter Meister kaum zu scheuen braucht. Nachforschungen unserer Redaktion ergaben, dass es sich bei dem Ausstellungsbesucher, der von Unwohlsein befallen wurde, um einen Deutschen handelt. Dem Maler Salongo wünschen wir als Künstler die Anerkennung, die er verdient. Unser kleiner Beitrag hierzu ist die Reproduktion seines herausragenden Gemäldes «Der stille Tod des Conde von Alcalá» (...auf Seite 4). »

Der Kommissar brummelte unwirsch – „da wäre doch noch Platz gewesen" – und blätterte um. Als er die Fotografie des Gemäldes entdeckte, riss er die Augen auf und stammelte:

„Das gibt's doch nicht! Das ist doch der tote Herr Bonilla!"

Hans Schauder schlief. Der Hausarzt hatte ihm zu seinem Leidwesen eine Woche strenger Bettruhe verordnet. Nun hatte das Beruhigungsmittel seine Wirkung voll entfaltet. Nur manchmal wurde er unruhig, wenn er von lebhaften Träumen heimgesucht wurde:

«Ich bin wiedergekommen. Es war *meine* Hand auf deiner Schulter, nicht die deiner Frau.»

Dann tauchte Herr Bonilla auf, legte einen Rosenkranz zur Seite und flüsterte:

«Die Halskrause drückt mich, schnür sie mir auf.»

Dann verschwand auch dieses Bild und ein energischer Alfonso erfüllte den Raum:

«Ich habe es dir doch gleich gesagt! Schau dir meinen alten Freund Miguel an. Der ist jetzt ein gemachter Mann, ein gemachter Mann, ein gemachter Mann.»

Die Worte Alfonsos hallten in ihm nach wie ein Echo. Hans erwachte.

Zu diesem Zeitpunkt wusste er noch nicht, dass sein Schwiegervater im Nebenraum war. Er hatte sich spontan entschlossen, seine Tochter zu besuchen. Nun sprachen die beiden, die ihn im Tiefschlaf wähnten, über ihn. Hans lauschte, auch wenn er nicht alles verstand.

„Wie lange soll er flachliegen?"

Ihr Vater saß auf der Couch, vor ihm eine Tasse Kaffee. Er fixierte Almudena und war zugleich in Gedanken.

„Eine Woche. Der Arzt sagt, dass er auf keinen Fall früher an die Arbeit"

Ihr stockte die Stimme.

„An welche Arbeit? Almudena, machen wir uns nichts vor. Komm, setze dich zu mir, da, auf den Sessel."

Er wartete, bis auch Almudena saß und schüttelte den Kopf.

„Die ganze Geschichte ist höchst eigenartig. Er will den Toten auf dem Gemälde erkannt haben?"

Almudena nickte. Ihr Vater leerte sein Glas. Daraufhin fuhr er sich mit dem Handrücken über den Schnurrbart.

„Also, wenn du mich fragst: Der bekommt mit seinem Fotostudio kein Bein mehr auf den Boden."

Ich habe dich doch gar nicht gefragt, dachte Almudena. Doch insgeheim musste sie zugeben, dass seine Vermutung wahrscheinlich stimmte.

„Hast du mal seinen Anrufbeantworter abgehört? Vielleicht haben inzwischen Leute angerufen. Die werden sich wundern, wenn niemand abnimmt."

„Ich kann eben auch nicht überall gleichzeitig sein. Ich gehe nachher vorbei."

Ihr Vater sah sie wohlwollend an. Sie war doch das Einzige, was ihm nach dem Tod seiner Frau geblieben war.

„Es ist ja nicht so, dass ich euch nicht helfen will. Aber auf Dauer kann ich ihm nicht die

Miete vorschießen. Das verstehst du doch, o-
der?"

„Ja, schon", sagte sie kleinlaut.

„Also, ich werde mal mit meinem alten
Freund Miguel reden und sehen, was sich machen lässt. Stell dir vor, Hans bekommt noch
einmal so einen Anruf, soll rauskommen, zu
einem Kunden: Dann fängt doch alles wieder
von vorn an! Das vergisst der so schnell nicht
mehr."

„Das fürchte ich auch", gab Almudena wi-
der Willen und leise sprechend zu. Das Telefon klingelte, sie erhob sich und nahm ab.

„Ich bin es, dein Schwiegervater, aus
Deutschland! Ich wollte fragen, wie es meinem
Sohn so geht? Neuigkeiten? Brummt sein Ge-
schäft?"

Pepe Labrador Hernández war es mittlerweile gelungen, die Adresse des Malers Salongo ausfindig zu machen. Wie er dem Stadtplan
entnahm, wohnte er gar nicht so weit entfernt.
Ein paar Stationen mit der Metro, einmal umsteigen: Das Auto konnte stehen bleiben. Vorher anrufen? Nein, ich gehe einfach vorbei. Er
überlegte noch, wie er sich präsentieren sollte.

Gleich die Dienstplakette vorzeigen? Nein, das mache ich raffinierter.

Zwei Stunden später näherte er sich – in einem guten Anzug, einen eleganten Stockschirm in der Hand – einer Tür. Er suchte ein Namensschild, klingelte und trat einen Schritt zurück. Es dauerte nicht lange und Kindergeschrei war zu hören, dann eine Frauenstimme, die Tür ging auf. Der Kommissar zog den Hut und setzte ein liebenswürdiges Lächeln auf.

„Gestatten, Lopez Casillas, Kunstsammler."

„Oh, kommen Sie herein. Sie wollen bestimmt mit meinem Mann sprechen. Er ist im Atelier. Waren Sie schon mal hier?"

„Nein, noch nicht. Kürzlich habe ich eine *wunderbare* Ausstellung besucht und da blieb mir *ein Werk* besonders im Gedächtnis. Es war mit «Salongo» firmiert. Die Leiter der Ausstellung waren so freundlich mir zu sagen, wo ich Ihren Mann erreichen kann."

„Ich verstehe. Kommen Sie erst einmal herein. Darf ich?"

Sie nahm ihm Stock und Hut ab und wies ihm den Weg zum Atelier.

„Gehen Sie einfach gerade aus, dann die Wendeltreppe hoch. Von dort werden sie ihn schon hören, ich meine, das Radio. Er malt momentan bei Musik."

Sie strahlte vor Freude. Langsam wurde ihr Mann bekannt.

Der Kommissar klopfte an und trat ein. Der Maler drehte sich um. Besuch?

„Ihre Frau war so freundlich, mir zu öffnen und den Weg zu weisen."

Er streckte eine Hand aus. „Lopez Casillas, Kunstsammler."

„Ach, sehr erfreut! Kommen Sie bitte herein, da ist noch Platz."

Er schob einen Sessel näher und setzte sich in Reichweite.

„Sie sind Kunstsammler, sagten Sie?"

„Ja, um gleich zur Sache zu kommen: Vor einiger Zeit war ich in der Ausstellung über zeitgenössische Maler aus Madrid. Und da ist mir" – er sah sich vergeblich um – „natürlich sofort Ihr Meisterwerk «Der stille Tod des Conde», wie war noch gleich?"

„de Alcalá", warf Salongo ein.

„*Richtig*, des Conde de Alcalá aufgefallen."
„Das freut mich!"

Salongo strahlte bis über beide Ohren. Endlich wurde sein Talent von mehr und mehr Leuten entdeckt.

„Aber ich fürchte, Sie haben es bereits verkauft. Hätte mich ja auch gewundert, wenn ein *solches* Meisterwerk"

Salongo unterbrach ihn.

„Danke für das Kompliment. Aber, ja, ich habe es praktisch schon verkauft."

Er erhob sich und zog das Gemälde hinter einem anderen Bild hervor.

„Nächste Woche wird es ein Mann abholen. Wir haben uns über den Preis schon geeinigt."

Der Kommissar setzte eine betrübte Miene auf.

„Zu schade! Ein *derart* ungewöhnliches Werk. Als Kunstsammler verfügt man natürlich über einige Erfahrung. Mit der Zeit bekommt man einen Blick dafür, welcher Maler sich kaum über den Durchschnitt erhebt und *wer* hingegen ein ganz anderes Potential hat. Ich hätte es zu gerne erworben. Vorausgesetzt, der Preis hätte meine bescheidenen Möglichkeiten nicht gesprengt."

Er lachte mit Kennerblick. Salongo stimmte, herzhaft lachend, ein. Dann dachte er nach.

„Wenn Ihnen so viel daran liegt, könnte ich – lassen Sie mich nachdenken – Ihnen vielleicht anbieten, eine Kopie davon zu malen."

„Ach, und *das* würden Sie für mich tun?" Salongo – „einen Augenblick" – kramte hinter seinen Bildern eine Rolle hervor, in der die Vorlage des Originalgemäldes, ein Poster steckte. Er zog es heraus, breitete es aus und bat seinen Besucher, näher zu treten.

„Unglaublich, *was* für ein Foto! Es diente Ihnen als Vorlage? Grandios."

Salongo blühte förmlich auf. Dieser Mann legt einen Enthusiasmus an den Tag. Hoffentlich kann ich mich mit ihm über den Preis einigen. Der Kommissar bemühte sich, einen möglichst unbefangen wirkenden Ton anzuschlagen.

„Und Sie meinen, Sie könnten es nochmals malen? Haben Sie das Motiv selbst fotografiert, wenn ich fragen darf?"

„Nein, nein", winkte Salongo bescheiden ab, „die Geschichte um das Foto ist wirklich ungewöhnlich. Ein alter Bekannter von mir bekam es vom Sohn des Portraitierten. Der

Sohn wollte seinem armen Vater in Form des Gemäldes eine letzte Ehre erweisen.

Doch tragischerweise kam er nicht mehr dazu, da er selbst verstarb. Mein Bekannter kam auf die Idee, dass ich den Vater malen könnte. Auf diese Art würde ich auch den Wunsch des zu früh verstorbenen Sohnes erfüllen und an seiner Stelle seinem verehrten Vater gleichsam ein Denkmal setzen. Ein schöner, ein bewegender Gedanke, finden Sie nicht?"

„Sehr schön! Ich muss sagen, das ist rührend."

„Ja, das war eine ungewöhnliche Geschichte und vielleicht ist deshalb auch mein Bild außergewöhnlich geworden."

„Der Gedanke hat etwas für sich", bemerkte der Kommissar, während er überlegte, wie er nun unauffällig anknüpfen könne.

„Und dieser Bekannte, ist auch ein Maler, sagten Sie?"

„Nein, nein", dementierte Salongo offenherzig, „aber er hat viele Ideen. Er hat mir das Foto vergrößert überlassen und ich habe mich natürlich revanchiert. Wenn er mir weiter

Ideen für ungewöhnliche Bilder liefert, bin ich dankbar."

„Muss ein interessanter Mann sein", sagte der Kommissar, möglichst beiläufig.

„Ja, das ist er. Er hat auch viel Sinn für Kunst."

„Dann kennt er vielleicht auch viele Künstler? Ich bin immer offen für neue Kontakte." Salongo dachte nach.

„Das ist gut möglich. Ich kenne ihn nur flüchtig, aber meines Wissens kennt er viele Leute. Wenn Sie wollen, kann ich Ihnen seine Kontaktdaten geben. Fragen Sie ihn doch einfach mal und grüßen Sie ihn von mir."

„Das ist reizend nett."

Salongo suchte Papier und Kuli und schrieb ihm die Adresse auf.

„Und wegen der Kopie schlage ich vor, dass Sie mich dieser Tage anrufen. Warten Sie, ich schreibe Ihnen die Nummer auf. Über den Preis muss ich erst einmal nachdenken. Normalerweise male ich nämlich nie Kopien meiner Bilder."

„Kein Problem. Das verstehe ich. Ich melde mich bei Ihnen."

Kapitel 27: Der Herr ist wählerisch...

Der Kommissar hatte Glück. Ein Mitbewohner machte ihm ohne weiteres auf.

„Sie wollen zu Abubakar?"

„Genau."

„Der ist nicht da, müsste aber bald kommen."

„Ja, ich weiß", improvisierte der Kommissar, „bin mit ihm verabredet."

„Dann nehmen Sie doch solange hier auf dem Sofa Platz. Er muss hier vorbei, wenn er auf sein Zimmer geht."

Nach einer halben Stunde öffnete sich die Eingangstür. Abubakar legte in der Diele seinen Mantel ab und ging auf sein Zimmer zu, als ein Herr in sein Blickfeld geriet.

„Guten Abend, Herr Abubakar."

„Das ist mein Vorname. Wer sind Sie überhaupt?"

Der Kommissar legte einen Finger auf den Mund.

„Das wirst du gleich feststellen."

Er zog seine Dienstplakette hervor und dirigierte Abubakar in sein Zimmer.

„Woher haben Sie meine Adresse?"

„Spielt das eine Rolle?"

„Was wollen Sie von mir?"

„Schließe erst einmal die Tür hinter dir." Abubakar versuchte ruhig zu bleiben.

„Also, was wollen Sie? Ich habe eine Aufenthaltserlaubnis und keine Vorstrafen. Ich bin nicht verpflichtet, Sie hier zu empfangen."

„Schon klar. Aber wir können uns ja einmal wie zwei Erwachsene unterhalten, oder?" „Kommt auf das Thema an."

„Der Herr ist wählerisch. Also, woher hast du das Foto von dem toten Alten mit der Halskrause?"

„Trottel!" entfuhr es Abubakar. Dann ergänzte er schnell:

„Ich meinte Salongo."

„Ist mir klar. Ihn trifft aber keine Schuld. Er hat keine Ahnung, wer ich bin."

„Ist meines Wissens kein Delikt, ein Foto vergrößern zu lassen und es dann einem Maler zu überlassen."

„Nein, natürlich nicht. Nur wenn es einen Toten darstellt, den Mann einer Frau, die verstarb, als ein Fotograf, ohne Kamera, in ihrer Wohnung war."

„Wie bitte? Davon weiß ich nichts."

„Was sollte dann die Geschichte von dem verstorbenen Sohn, der seinen Vater ehren will?"

„Wenn Salongo so naiv ist, das zu glauben. Das war pure Fantasie. Als Künstler hat es ihn angeregt und das war natürlich meine gute Absicht."

„Ein schöner Zug von dir."

Der Kommissar stand plötzlich auf und erhob seine Stimme.

„Also, heraus mit der Sprache: Woher hast du es?!"

„Ich habe es nicht selbst fotografiert." „Sondern?"

„Es war auf einer Digitalkamera, die ich jemand abgekauft habe."

„Wem?"

„Wenn ich das noch wüsste, ist schon eine ganze Weile her. Auf dem Flohmarkt, glaube ich, von irgend so einem Typ."

„Glaube ja nicht, dass du mit mir spielen kannst! Meinst du, ich weiß nicht, dass du

Probleme mit Drogen und wegen Verkaufs illegaler Substanzen schon Ärger mit der Justiz hattest? Salongo scheint wirklich keine Ahnung zu haben, wer du bist."

„Die Geschichte mit den Drogen ist eine ganze Weile her."

„Vielleicht sollten wir einmal deine Wohnung durchsuchen, dich wieder observieren lassen, he? Oder sollten wir, in Zusammenarbeit mit der Ausländerbehörde, die Frist deines Visums überprüfen? Hast du Sehnsucht nach deinem Heimatland?"

„Wenn ich Ihnen sage, von wem ich die Kamera gekauft habe: Dann bin ich dran."

„Es wird keiner erfahren. Garantiere ich dir!"

„Können Sie mir das schriftlich geben und mir zusichern, dass Sie keine Behörde einschalten?"

Der Kommissar runzelte die Stirn. „Also gut."

Er zückte Kuli und Notizblock und gab ihm die gewünschte Zusicherung.

„Aber das bleibt auch unter uns."

„Einverstanden."

„Also?"

Abubakar schrieb einen Namen auf. „Diego?"

„Ja, so wird er von allen genannt."

„Hast du eine Adresse für mich?"

„Nein, der wohnt mal hier, mal da, bei Freunden und Bekannten."

„Und wo finde ich ihn?" Abubakar nahm nochmals Kuli und Block an sich.

„Hier, in diesem Lokal. Meistens Freitag oder Samstag. Den kennt jeder. Aber dass Sie mich außen vorlassen."

Keine Sorge. Ich wusste gleich, dass wir uns verstehen."

„Wie sieht er aus, dieser Diego?"

Abubakar lieferte aus dem Stand eine treffende Beschreibung. Der Kommissar notierte sich einige Details. Dann machte er sich auf den Weg

Pepe Labrador Hernández sah sich um. Freitag, heute soll Diego hier angeblich aufkreuzen. Das Lokal war recht dunkel. Zufall? Dient es illegalen Geschäften, die hier angebahnt werden? Er näherte sich der Theke, hinter der ein geschickter Barkeeper mit Cocktailbechern jonglierte.

„Einen Whisky."

„Was für einen? Wir haben viele Sorten."

„Such mir einen aus."

Der Kommissar drehte sich um und schaute unauffällig nach allen Seiten. Scheinwerfer tauchten das Lokal in verschiedene Farben, leuchteten kurz auf und gaben anderen Farben Raum. Bei dieser Musik würde ich es keine Stunde aushalten. Er nahm seinen Drink entgegen – „stimmt so" – und lehnte sich etwas zurück:

„Hast du Diego heute schon gesehen?"

Der Barkeeper schüttelte einen Cocktail durch und schaute sich um:

„Meines Wissens müsste er schon da sein. *Da*, da hinten sitzt er!"

Der Kommissar nahm seinen Whisky mit und näherte sich der Sitzecke an, in der Diego mit zwei Männern an einem Tisch saß.

„Kann ich dich kurz sprechen, Diego? Dauert nicht lange."

Diego sah auf und überlegte, ob er den Mann schon einmal gesehen habe. Dann gab er es auf, er kannte einfach zu viele Leute. Der Kommissar bat die beiden Männer mit einer

Geste um Nachsicht. Diego stand auf. „Können wir uns kurz setzen, da drüben?"

Diego folgte ihm an einen freien Tisch. Dass der Unbekannte nicht seiner Generation angehörte, war offensichtlich. Aber in diesem Lokal tummelten sich Leute verschiedenster Herkunft und aller Altersgruppen.

„Ich habe gehört, dass du Zugang zu guten Quellen hast: Fotoapparate und dergleichen. Ich dachte, vielleicht sollte ich da einen kleinen Handel aufziehen. Du verstehst, was ich meine?"

„Du bist nicht etwa von der Kripo?" „Haha-ha-ha, *der* Witz war gut!"

Diego setzte ein breites Grinsen auf. Nein, nach einem Mann von der Kripo sah der wirklich nicht aus, die schauten nicht so leutselig aus der Wäsche.

„Ich habe schon viele Kontakte. Woher weißt du das?"

„Man hört sich um. Ein Kerl auf dem Flohmarkt nannte mir deinen Namen. So um die 1,70 Meter, schwarze Haare, bleiche Gesichtshaut, komme nicht mehr auf den Namen."

„Ist ja auch egal, mich kennt halb Madrid. Also, was hättest du gern?"

„Kameras, für den Anfang."

„Du, das lohnt sich nicht mehr für mich. Die Gewinnspanne ist nicht wirklich interessant. Frag mal Carlos. Aber lass meinen Namen aus dem Spiel, klar?"

„Geht in Ordnung. Wo finde ich ihn?" „Moment."

Diego ging zurück an den Tisch und lieh sich einen Kuli. Dann schnappte er sich einen Bierdeckel und schrieb Name und Telefon auf.

„Danke. Und was sage ich, wenn er mich fragt, woher ich seine Nummer habe?"

„Sag ihm, du hast sie von Abubakbar. Das reicht."

„Abu, wie sagtest du? Abubakbar?"

Diego nickte.

„Danke. Ich hoffe, ich kann mich mal revanchieren."

„Kannst du. Spendiere uns allen eine Runde «mojitos»."

„Klar, mache ich."

Diego ging zurück. Der Kommissar näherte sich dem Barkeeper, zückte seinen Geldbeutel und steckte ihn langsam wieder ein.

„Noch einen Whisky?"

„Ich soll dir von Diego und seinen Leuten ausrichten, dass sie noch eine Runde mojitos bestellen wollen. Du sollst sie aber erst in 10 Minuten bringen. Sie müssen gerade noch etwas ausdiskutieren."

„Alles klar. Schönen Abend noch."

„Wieder was gespart", murmelte der Kommissar, als er am Ausgang war. Er beschleunigte seinen Schritt und steuerte die nächste Metrostation an.

Und nun? Laufe ich jetzt Carlos hinterher? Was für Geschichten wird er mir erzählen? Führt das überhaupt zu etwas? Vor dem Eingang zur Metro angekommen, hielt er sich am Geländer fest und ging zügig die Treppen hinab. Er löste ein Ticket, wich Leuten aus, die an ihm vorbeirauschten und blickte zerstreut auf die Tafel, auf der in grüner und roter Leuchtschrift die noch verbleibende Wartezeit zu lesen war:

«PROXIMO TREN LLEGADA EN: 03 MINUTOS. NÄCHSTER ZUG ANKUNFT IN: 3 MINUTEN.»

Auf einmal musste er wieder an jenen Abend denken, an dem er das Haus betrat, in dem das Ehepaar Bonilla ein so merkwürdiges Ende fand. Er erinnerte sich, wie er mit seinem Begleiter aus dem Auto gestiegen war, seufzte auf und schüttelte den Kopf: Ach, dieser Beltran! Dann war ein junger, ungewöhnlich höflicher Mann aufgetaucht:

«Gut, dass Sie kommen. Ich dachte, ich mache Ihnen auf, da man hier bei Dunkelheit kaum die richtige Klingel findet.»
Was habe ich noch zu ihm gesagt?

«Das ist sehr aufmerksam?»
Aufmerksam?

Er bemühte sein Gedächtnis und seine Worte an Beltran tauchten wieder auf:

«Daran könntest du dir mal ein Beispiel nehmen: Immer mitdenken!»
Mitdenken? Ein *Beispiel* nehmen? *Woran* denn?

Der Kommissar grübelte und bekam kaum mit, wie die Metro sich füllte, Türen sich schlossen und sie davonfuhr.

«Gut, dass Sie kommen. Ich dachte, ich mache Ihnen auf.»

Ich mache Ihnen auf?

Der Kommissar rief sich das Aussehen des jungen Mannes wieder ins Gedächtnis und ihm schien, als höre er ihn wieder:

«Wir haben ihn oben in Schach gehalten. Der Hausmeister meinte ich könnte gehen, drei Mann wären genug. Der hat die Lage im Griff.»

«Ich sag's ja, diese Hausmeister!»

Wie bitte???

«Der Hausmeister meinte, ich könnte gehen?»

Könnte gehen? Warum? Was habe ich danach gesagt? Der Kommissar fasste sich ans Kinn und dachte angestrengt nach:

«Danke für Ihren Einsatz. Ohne Leute wie Sie, die beherzt einschreiten, auch wenn Gefahr droht»

Das kann nicht dein Ernst gewesen sein! Was für ein Einsatz?!

«Die beherzt einschreiten?»

Einschreiten? Wo er doch wieder gegangen ist…«Der Hausmeister meinte…»:

Meinte er das?

«Soll ich mitkommen, für alle Fälle?»

«Das ehrt Sie, dass Sie nochmals ihr Fell riskieren wollen.»

Ihr Fell riskieren? Was für einen Unsinn hast du geredet, an jenem Abend! Pepe, ich erkenne dich nicht wieder! Du brauchst Urlaub.

«Sie haben Ihr Soll mehr als erfüllt!»

Du musst von Sinnen gewesen sein!

«…kommen Sie heil nach Hause!»

Jetzt weiß ich, was mir an dem jungen Mann auffiel! Er sah auf und stellte fest, dass es noch einige Minuten dauern würde, bis die nächste Metro einfuhr.

Kapitel 28: Nur heraus mit der Sprache...

Ein neuer Tag lag vor ihm, ein Tag, von dem er sich eine Wende erhoffte. Kommissar Pepe Labrador Hernández fuhr noch einmal zu dem Haus, in dem noch vor einigen Wochen ein Ehepaar Bonilla zuhause gewesen war. Diesmal beschied er Beltran, direkt am Hauseingang zu warten. Besser er bleibt erst einmal draußen. Es muss an ihm gelegen haben, dass ich damals nicht auf Zack war.

Der Kommissar stieg aus seinem Wagen und näherte sich gemächlichen Schrittes dem Eingang. Luengo Diaz, da haben wir ihn. Er drückte fest auf die Klingel, neben der «Porteria» (*Hausmeister* = *portero*) stand. Es dauerte nicht lange, und die Tür gab nach. Der Kommissar stieg langsam die Treppen empor. Der Hausmeister stand im Unterhemd vor ihm.

„Guten Tag."

Luengo Diaz betrachtete ihn argwöhnisch. Was will der jetzt, wo die beiden schon beerdigt sind?

„Ich werde Sie nicht lange aufhalten."

Der Hausmeister rückte zur Seite und ließ dem Kommissar freien Lauf. Er schloss die Tür hinter sich und dirigierte den Besucher ins Wohnzimmer.

„Nehmen Sie Platz. Um was geht's?"

„Setzen Sie sich, nur ein paar Fragen."

Luengo Diaz nahm widerwillig Platz und blickte dem Eindringling fest ins Gesicht. „Sagt Ihnen dieser Satz etwas:

«Wir haben ihn in Schach gehalten…Der Hausmeister meinte ich könnte gehen, drei Mann wären genug.»

Der Angesprochene dachte kurz nach. Der konnte nur diesen Ruben meinen. Er bemühte sein Gedächtnis. Dann wedelte er auf einmal entschieden mit dem Finger.

„Nein, nein, so war das nicht, sondern *so*: «Braucht ihr mich noch oder kommt ihr allein klar?»

„Er fragte mich. Das weiß ich genau! Ich dachte, vielleicht muss er irgendwo hin. Drei Mann waren ja auch genug. So habe ich Ruben gesagt, dass er gehen kann."

„Und dieser Ruben wohnt *wo*?"

„Das müsste der fünfte Stock sein, hat ein Schild an der Tür. Ob er jetzt da ist?"

Er schaute auf die Uhr.

„Weiß man bei denen nie. Ich sage nur eines: Studenten."

„Danke. Das war es schon."

Kommissar Pepe Labrador Hernández stieg Treppe um Treppe empor. Wirklich eine Zumutung, so ohne Aufzug. Ich frage mich, wie da die alten Leute klarkommen. Im fünften Stock angekommen, sah er sich an den Türschildern um. „Ha, das muss er sein!"

Er schlich noch ein paar Schritte nach vorn und lauschte. Im Hintergrund hörte man Musik. Ob er allein wohnt? Er klingelte und trat einen Schritt zur Seite.

„Hallo?"

Ruben schaute durch das Guckloch, konnte den Mann aber nicht gut erkennen. Sieht älter aus, wird also kaum gefährlich sein. Er öffnete.

„Ich habe gehört, dass oben eine Wohnung frei wird. Darf ich kurz etwas fragen?"

Ruben erkannte ihn und erschrak. Er bemühte sich, eine möglichst unbefangen wirkende Miene aufzusetzen.

„Ach, *Sie* sind es, Herr Kommissar. Kommen Sie doch bitte herein."

Pepe Labrador Hernández hielt seinen Hut in der Hand, trat ein und wartete, bis Ruben ihm in das größere von zwei Zimmern vorausging.

„Was kann ich für Sie tun, Herr Kommissar? Eine Tasse Kaffee?"

„Das wäre nett."

Ruben verschwand in der kleinen Anrichte und kehrte kurze Zeit später mit einer gut gefüllten Tasse zurück. Beobachtete er da eben nicht, dass Ruben etwas unsicher wirkte?

„Gut, dass ich dich antreffe. Der Hausmeister meinte schon, du könntest vielleicht in der Uni sein. Ein netter Mann, nicht wahr?"

Pepe wartete ab, ob im Gesicht Rubens eine Reaktion auf seine Worte abzulesen war. Ruben lachte etwas merkwürdig und setzte sich. „Nun, ja, wie soll ich sagen"

„Nur heraus mit der Sprache."

„Ein Hausmeister, eben. Ich glaube, er ist schon ziemlich stolz auf seine «Position»."

Der Kommissar lachte scheinbar jovial.

„Ja, den Eindruck hatte ich auch. Und mutig! Ich meine, dass er dich einfach nach unten geschickt hat."

Ruben tat, als müsse er sich erst besinnen.

„Ach, so, ja, jetzt! Ja, er sagte, drei Mann wären genug, ich könne gehen. Ging ja zum Glück alles gut aus. Der Deutsche war nicht bewaffnet, wie ich hörte."

„Was hältst du von *diesem* Zitat: «Braucht ihr mich noch oder kommt ihr allein klar?» *Wer* könnte das gesagt haben? Mm, gut heiß, der Kaffee."

Ruben war leicht zusammengezuckt, er fing sich aber wieder.

„Ich verstehe nicht."

„*Ich* schon. Übrigens, mal was ganz anderes: Wir bei der Polizei müssen ja viel fotografieren, Beweisfotos und so. Manchmal ist es ja ein Elend mit all der Technik. Wenn wir da mal ein Problem haben, können wir uns dann an dich wenden? Wie ich gehört habe, kennst du dich sehr gut mit Digitalkameras aus, hast auch ein Händchen für Fototaschen!

Nur das Handy hast du übersehen. Hat Carlos gut gezahlt?"

Der Kommissar hatte den letzten Satz wie ein Ass aus dem Ärmel gezogen und seinem Gegenüber lautstark um die Ohren gehauen. Dabei war er sich gar nicht ganz sicher, ob seine Vermutung mit Carlos stimmte. Ruben wurde bleich.

„Das zahle ich ihm heim!"

„Wem? Carlos? Dabei hat er mir doch gar nichts gesagt."

Der Kommissar drückte auf die Stopptaste eines kleinen Aufnahmegerätes, das unter seiner Jacke steckte. Er stand auf und zeigte ein strenges Gesicht:

„Ich muss dich bitten, uns auf das Kommissariat zu begleiten. Wo hast du das Geld aus dem Verkauf der gestohlenen Geräte? Rückst du es freiwillig raus oder sollen wir dir die Bude auf den Kopf stellen? Und dass du erst gar nicht auf die Idee kommst, zu fliehen. Unten wartet mein Kollege mit gezogener Waffe. Ich hätte es gleich merken sollen: Warum nur bist du – als Einziger – nicht oben geblieben? Als ich dann mit Alejandro sprach, sagte er mir, dass du vor unserem Eintreffen nochmals hochgegangen bist. Das hast du klug eingefädelt:

«Ich wollte mal nachsehen, ob alles klar ist. Ihr habt die Polizei verständigt?»

So ähnlich fragtest du, nicht wahr? So kam keiner auf die Idee, dass du die Hände im Spiel haben könntest und niemand dachte darüber nach, warum du so schnell verschwunden warst. Ein gewissenhafter, hilfsbereiter junger Mann, der eigens nochmals hochkommt, um nachzusehen, ob alles in Ordnung ist. Deine übertriebene Höflichkeit hätte mir gleich auffallen müssen.

Also, *wo* ist das Geld? Rücke es raus, oder ich beordere Beltran hoch und lasse ihn alles durchsuchen. Wenn du gestehst, könnte ich vielleicht auf die Idee kommen, über strafmildernde Gründe nachzudenken."

Ruben ging zu seinem Schrank und kramte einen Teil des Geldes hervor. Den Rest entnahm er einem Fach im Küchenschrank.

„Hier, mehr habe ich nicht."

Kapitel 29: Fotostudio Hans Schauder?

U nd wie soll es jetzt weitergehen?"
Alfonso hing an den Lippen des
Arztes.

„Ich denke, in einer Woche kann er sein Bett
verlassen. Halten Sie alle Aufregungen von
ihm fern. Er wird vermutlich erst einmal keinen großen Appetit haben. Ich würde es, als
Appetitanreger und zur Kräftigung, mit Ge-
müsesuppen versuchen."

„Darauf lässt sich aufbauen", kommentierte
Alfonso trocken. Der Doktor ergriff seinen
Arztkoffer, drückte auch Almudena die Hand,
zog den Hut und verließ die Wohnung.

Am folgenden Tag klingelte es an der Tür.
Almudena eilte herbei, öffnete und sah sich
Beltran gegenüber.

„Sie sind die Frau von Hans Schauder?"
„Ja."

Beltran setzte eine Miene auf, die, so glaub-
te er, dem Dienstrang entsprach, den er in
fünfzehn Jahren zu erreichen hoffte. Dann hol-

te er aus einer Tasche ein Kuvert hervor und entnahm ihm eine Plastikhülle.

„Wir haben den Diebstahl der Fototasche Ihres Mannes aufgeklärt. Quittieren Sie mir bitte hier den Empfang."

Almudena geleitete ihn ins Wohnzimmer und zählte nach. Immerhin, fast der Gegenwert für eine der Kameras. Für mehr reicht es aber sicher nicht. Erst einmal müssen wir unsere Schulden bezahlen. Beltran reichte ihr einen Kuli und fuhr einen Zeigefinger aus.

„Wenn Sie bitte hier unterschreiben. Es dürfte sehr schwer sein, die Fotoapparate und das Handy noch zu finden."

Sie unterzeichnete und stand wieder auf. „Danke, Herr"

„Campillo Sola."

Er wiegelte ab mit dem Blick eines Mannes, der schon ganz andere Fälle aufgeklärt hat, grüßte und verließ das Haus. Almudena ging zu einem Schrank, in dem sie Überweisungsformulare aufbewahrte und suchte die Bankverbindung ihres Vaters. Als Betreff trug sie «Anzahlung Mietschulden» ein.

Einen Monat später überpinselten zwei Handwerker einen Schriftzug, an den sie sich noch gut erinnern konnten. Das war doch das Atelier von diesem nervösen Deutschen.

„Seltsam, er hat seinen Laden schon dicht gemacht?"

„Wer weiß, vielleicht ist er nur in ein anderes Viertel umgezogen. Der Name war etwas unglücklich gewählt, meinst du nicht? «Fotostudio Hans Schauder?» Da hätte ich doch etwas Spanisches ausgesucht."

Der andere nahm einen Zug an seiner Kippe.

„Hm, aber wenn er doch Deutscher ist! Was soll er da wählen? Den Namen seiner Frau? Komm, debattiere nicht, mach dich an die Arbeit."

Kapitel 30: Tja, Ideen muss man haben!

In Jerez de los Cabelleros, im Südwesten Spaniens, ließ Miguel seinen Blick mit Genugtuung über Ackerflächen und Stallungen schweifen. Das alles gehört mir, ein gutes Gefühl! Er entledigte sich seiner Jacke und krempelte die Ärmel hoch.

Wer hätte das gedacht, dass mein alter Freund Alfonso einmal hierherzieht und sein Schwiegersohn bei mir anfängt!

Er erinnerte sich an ihr Eintreffen vor einigen Tagen. Bin ich schon etwas erschrocken, wie blass dieser Hans aussah. Na, ja, hat ja einiges erlebt. Die Landluft und die hohe Lage hier werden ihm guttun. Von Madrid in einen Ort mit 10.000 Einwohnern umzuziehen, das ist eine Umstellung. Aber er kommt ja aus einem Dorf, da wird er sich wieder wie zu Hause fühlen. Natürlich ist er jetzt nicht mehr sein eigener Herr, sondern untersteht mir. Aber da wird er sich nicht beschweren können. Ich werde ihn gut behandeln, will es mir ja schließlich nicht mit Alfonso und Almudena verscherzen. Zumal sie mir jetzt im Haushalt hilft und sich so ein Zubrot verdient. Ein hübsches Weib! Eigentlich erstaunlich, dass sie sich so einen verzärtelten Teutonen ausgesucht hat. Nun denn, versteht man nie ganz, die Frauen.

Er atmete tief durch und genoss die frische Landluft. Ein kluger Schachzug von mir, ihnen die Wohnung nebenan, im Dachgeschoss, anzubieten. Stand eh leer. Bescheidene Miete gegen Mithilfe im Haus, und dazu ernte ich noch ihre Dankbarkeit. Die Augen von der Kleinen, als ich ihr die kleine Mietsumme nannte! Lass die sich erst einmal an die Landluft gewöhnen, dann habe ich Alfonso bald so weit, dass er hier auch einen Kutschfahrtservice aufzieht, mit mir als Geschäftspartner. So etwas gibt es hier im Umkreis nicht.

Und was mache ich mit Hans? Ihm fielen wieder die Worte Alfonsos ein:

«Mit der Zeit wird er sicher Muskeln ansetzen.»

Nein, nein, da habe ich ganz andere Pläne. Wenn ich daran denke, wie ich versuchte, ihn im Stall einzuweisen. Er schüttelte den Kopf.

Der und Kühe melken, das kannst du vergessen. Andererseits verstehe ich sehr gut, dass er das Wort «Fotostudio» nicht mehr hören kann. Ich könnte anbauen, den Trakt neben meinem Haus auf Vordermann bringen lassen. Und dann ziehe ich Ferienwohnungen hoch: Gäste aus Deutschland, Österreich und mit der Zeit auch aus anderen Ländern! Da könnte Hans sie betreuen, als Fremdenführer aktiv werden.

Dann bieten wir unseren Gästen einen «echt bayerischen Abend»! Bis dahin hat er vielleicht tatsächlich Muskeln angesetzt Ich glaube, den muss ich doch etwas härter rannehmen. Schließlich stecke ich ihn in eine original bayerische Tracht und Almudena schlüpft mir in ein Dirndl! Bei der günstigen Miete kann sie mir das nicht ausschlagen. Das wird *der* Renner! Und wenn die Feriengäste ein Erinnerungsfoto mit nach Hause nehmen wollen, darf Hans zeigen, was er als Fotograf noch draufhat. Tja, Ideen muss man haben!

Über den Autor

Paul Baldauf, Buchautor und Übersetzer, Speyer am Rhein: Neben Büchern veröffentlichte er in Zeitungen, Kultur- / Freizeit-und Sprach-Magazinen sowie Anthologien.

In italienischer Sprache war er dreimal Preisträger bei Schreibwettbewerben des italienischen Kulturmagazins Onde (2 x 1. Preis, 1 x 2. Preis).

Eine Auswahl seiner Gedichte in spanischer Sprache wurde international in verschiedenen Sendern von «Radio Maria», auf «www.es.catholic.net/» und bei einer Feier am Festtag der Jungfrau von Guadalupe, in einer Kirche in New York und einem kubanischen Radiosender präsentiert.

Er schreibt Romane, Reiseliteratur, Erzählungen, Kurzgeschichten und Gedichte, veröffentlichte zahlreiche eBooks (in drei Sprachen) und ist Mitglied im Verband deutscher Schriftstellerinnen und Schriftsteller. Weitere Informationen unter: www.autor-paul-baldauf.de

Cover:

Foto von Florian Wehde, «Calle Gran Vía, Madrid», lizenzfrei, auf www.unsplash.com.

Claus Breitfeld, (Madrid), gab mir eine Reihe guter und wichtiger Hinweise über die spanische Hauptstadt.

www.instagram.com/clausbreitfeldfotografia/

FSC
www.fsc.org

MIX

Papier | Fördert
gute Waldnutzung

FSC® C083411

Zeitfracht Medien GmbH
Ferdinand-Jühlke-Straße 7
99095 Erfurt, Deutschland
produktsicherheit@kolibri360.de